AF166075

„Vogel der Nacht flieg hinauf bis zum Mond,
schaue von dort, wo die Liebste jetzt wohnt.
Sing wie noch nie, bring sie zu mir zurück,
Vogel der Nacht, sing von Liebe und Glück.

Keine Worte sind so wahr wie meine Wünsche,
keine Briefe können sagen was ich fühl,
deine Lieder sollen sein wie meine Liebe
Vogel der Nacht, Du weißt was ich will.“

**(Ausschnitt aus dem Lied „Vogel der Nacht“ von
Stephan Remmler aus dem Jahr 1987)**

Für Manfred Janoschek

Kevin Runschke

...Wo immer Du auch bist...

Bibliografische Information der Deutschen Nationalbibliothek:
Die Deutsche Nationalbibliothek verzeichnet diese Publikation in der
Deutschen Nationalbibliografie; detaillierte bibliografische Daten sind
im Internet über http://dnb.dnb.de abrufbar.

Vielen Dank an: C. Michaelis, M. Fischer, meine Mutter, K. Müller,
meinen Bruder Dennis, R. Ciernioch, meine Oma Helga, M. Grunwald
und J.-P. Brinsa.

Herstellung und Verlag: BoD – Books on Demand, Norderstedt

ISBN: 9783732286034

S tellen Sie den Kaffee mit Milch bitte dort ab", sagt Manfred mit freundlichem Ton und zeigt auf den Tisch in seinem Zimmer. 15 Uhr und Zeit zum Kaffeetrinken.

Es ist Gewohnheit, auch Elli hat immer dafür gesorgt, dass der Kaffee um 15 Uhr auf dem Tisch stand. Von Zeit zu Zeit hat es auch ein Stück Kuchen gegeben, vor allem sonntags. „Da war alles anders als heute", denkt er.

Stefan hat heute frei, seinen ersten freien Tag in dieser trüben Stadt, die sich im Vergleich zu damals doch so zu ihrem Nachteil verändert hat.
Mittlerweile hat er sich an alles gewöhnt. Einen Moment setzt er sich zu Manfred, denn er weiß, dass er sich sehr darüber freut, wenn ihm jemand zuhört.
„Schon als wir damals spielten, mussten wir jeden Sonntag um 15 Uhr zu Hause sein. Wir wohnten in Geibsdorf, Kreisstadt Laubern, in Schlesien.
Ich war der älteste von vier Brüdern und einer Schwester. Wolfgang, der jüngste, ist acht Jahre jünger als ich. Er bekam meinen Rucksack, als ich die Schule abgeschlossen hatte."

Obwohl Stefan nur einen Pullover abholen will, den er an seinem letzten Arbeitstag liegen gelassen hatte, nimmt er sich die Zeit, um ihm zuzuhören.
Beim Anblick des älteren Mannes denkt er häufig an seine Großeltern, besonders an seine Großmutter, die er sehr geliebt hat und zu der er eine engere Beziehung hatte, als zu seiner eigenen Mutter.
„Ich kam im Alter von fast sechs Jahren in die Schule.

Es war im Sommer 1933 und bereits am Tag der Einschulung stimmten wir mit ein: „Zum letzten Mal wird Sturmalarm geblasen, zum Kampfe steh´n wir alle schon bereit…"

„Die Nationalsozialisten sind die Richtigen", sagte unser Lehrer immer und immer wieder.

In unserer Klasse hing ein großes Bild von Adolf Hitler. Ohne zu wissen, was dahinter stand und wo uns das Ganze hinführen sollte, sangen wir fröhlich mit.

Im Nachhinein ist es traurig, dass das kindliche Bewusstsein meines Lebens zu diesem Zeitpunkt einsetzte.

Die Soldaten in unserer Gegend veranstalteten damals viele Manöver, das war einfach nur toll für alle.

Es gab Erbsensuppe, Musikkapellen spielten, kurz gesagt, es war wie ein großes Fest, etwa wie ein Stadtfest heute. Die Begeisterung war überall zu spüren.

Ich hatte trotz der Umstände eine schöne Kindheit.

Meine Eltern hatten zwar nicht viel Geld, aber trotzdem waren wir glückliche Kinder. Über die kleinsten Geschenke haben wir uns gefreut.

Wir konnten spielen, wurden aber schon früh mit Regeln, die für das Familienleben nützlich waren, konfrontiert.

Die obersten Prämissen waren Ehrlichkeit, Vertrauen und Zuverlässigkeit. Meine Eltern konnten es nicht leiden, wenn man gelogen hatte. In frühester Kindheit war mir nicht bewusst, weshalb es wichtig war, doch wir hatten uns einfach daran zu halten.

Mit acht Jahren ging ich in die Volksschule und wurde im Juni 1942 aus der Schule entlassen.

Die Bedeutung des Krieges war zwar allgegenwärtig, wurde aber verharmlost dargestellt.

„Ein Zustand, den wir schon mal hatten" oder „Wir haben Krieg, am Tag des Kriegsbeginns haben wir jedes Jahr schulfrei", habe ich wahrnehmen können.

Welche Reichweite dieses aber hatte, konnte ich als 12-Jähriger noch nicht ahnen.

Unser Lehrer wurde Hauptlehrer, heute vergleichbar mit einem Klassenlehrer, und er bestimmte unseren beruflichen Werdegang.

Zu mir sagte er, ich solle Bäcker werden. Die Konsequenz, falls wir diese Tätigkeit nicht machen wollten, wurde uns schon von Zuhause mitgeteilt. „Du musst den Beruf, den der Lehrer Dir gibt, annehmen, sonst wirst Du Bauerngehilfe", sagte meine Mutter ständig. Klar, es war Krieg und die Knechte waren alle schon im Kampfeinsatz, daher der Mangel an Arbeitskräften.

Ich hatte also keine Wahl, obwohl ich mir wahrscheinlich einen anderen Beruf ausgesucht hätte und so fing ich meine Lehre bei dem Bäckermeister Paul Scholz in Ziethen-Hennersdorf an.

Im Februar empfing ich die Jugendweihe in der Hitlerjugend von einem Jungvolkführer. Da waren alle drin, also auch ich.

Ein herber Schlag für meine Mutter war der unerwartete Tod meines Vaters am 25.12.42. Meine Mutter stand nun mit ihren fünf Kindern alleine da", sagt Manfred mit traurigem Gesichtsausdruck. Er senkt seinen Kopf und schaut auf den Boden, als wenn er andeuten will, dass dieses der erste Schicksalsschlag in seinem Leben war, auf den noch mehrere folgen sollten.

Erinnerungen an seinen Großvater steigen in Stefan auf, denn auch er hatte berichtet, dass sein Vater während des Krieges ums Leben gekommen war. Die Ursache aber war eine andere gewesen, er war bei Moskau gefallen.

„Das war sicherlich eine sehr schwere Situation für alle, vor allem auch noch Weihnachten?", fragt er ganz vorsichtig.

„Ja, das war es ganz gewiss!", antwortet Manfred andächtig ohne darauf einzugehen.

„Trotz allem verlief meine Lehre problemlos. Fast zwei Jahre später stand die Prüfung an.

Am 04.05.1944, es war früh am Vormittag, kam der Briefträger in die Backstube.

„Jetzt holen sie die Jugend", hörte ich den Briefträger sagen. Ich verstand es nicht, bemerkte nur, dass es sich scheinbar um mich handelte, weil Herr Scholz mit dem Finger auf mich zeigte.

Der Brief wurde geöffnet und ich bekam die Einberufung zum Reichsarbeitsdienst. Es war eine Einladung zur Musterung, die man nicht ablehnen konnte. Alle meine Freunde mussten dorthin.

Einer von ihnen wollte vor der Einberufung noch mit mir in eine Kneipe, in die von Erich Stelzer. So sind wir dann auch dort hingegangen und haben das ein oder andere Bier getrunken.

Am nächsten Tag stand die Polizei bei uns in der Backstube und verwies in einem sehr schroffen Ton daraufhin, dass es für uns nicht gestattet sei, sich derart zu betrinken und dass ein solches Vorkommnis nicht noch einmal geschehen dürfe.

Am Tag der Musterung waren wir ungefähr 40 Jungen im Alter zwischen 16 und 17 Jahren.

Es war in unserer Turnhalle. Wir mussten uns nackt ausziehen und wurden überall angefasst. Falls sich jemand etwas seltsam anstellte, wurde er angebrüllt.

Wir wurden allesamt als tauglich eingestuft, da wir keinen Verschleiß am Körper hatten.

Zwei Tage später bekam ich eine Uniform nach Hause und musste ab sofort nach Halbau, bei Liegnitz, gehen. Auf der Einberufung stand, dass wir lediglich einen Karton mitnehmen dürften, keinen Koffer oder ähnliches.

Meine Jugend war ab diesem Zeitpunkt vorbei.

Wir wurden gedrillt, mussten früh aufstehen, dort die Autobahnen mit bauen und Panzergräben aufschaufeln.

Wir gingen morgens mit Gesang hin und kamen abends singend wieder, nach dem Sinn hat sich niemand zu fragen gewagt.

Im Frühjahr 1944 ging es dann über zum Waffentraining. Das war für uns toll, wir konnten mal etwas anderes machen und sollten ab sofort auch Handgranaten werfen.

Obwohl es nicht weit weg war, sind wir etwas später trotzdem nach Halbau gezogen.

Wir lebten in Baracken und hatten zu unseren Familien nur noch Kontakt via Feldpost und der jeweiligen Nummer, die wir bekamen.

Wir waren stolz, denn ab diesem Zeitpunkt erhielten wir die Armbinden vom Reichsarbeitsdienst. Vorher hatten wir nur jene von der Vereidigung.

Es war der 20.09.1944. Ein etwa 40-jähriger Mann kam auf uns zu und sagte, wir würden ab sofort für die Flugabwehrkanonen zur Munitionswartung eingesetzt werden.

Einer neben mir rief voller Freude: „Jetzt brauchen sie uns wirklich!"

Was das konkret zu bedeuten hatte, wusste ich nicht, traute mich aber auch nicht, nachzufragen. Ich ahnte nur, dass sich jetzt etwas ändern würde.

Und so war es auch:

Am nächsten Tag mussten wir in Züge einsteigen. Keiner wusste genau, wo es hinging, wir sangen Lieder und ich empfand es, trotz der Jahreszeit, noch als ziemlich warm, was aber auch damit zusammenhing, dass wir regelrecht „eingepfercht" waren und so nah beieinander sitzen mussten, dass man nicht einmal seinen Fuß ausstrecken konnte.

Es wusste niemand, wohin es ging.

Die Fahrt dauerte einige Tage und wir sahen dann die ersten Flugzeuge, die Bomben abwarfen.

Während der ganzen Fahrt wurden wir in regelmäßigem Abstand darüber informiert, dass wir etliche Umwege fahren müssen, da einige Hauptbahnhöfe bombardiert wurden.

Zu essen gab es Gulaschsuppe, die wir unterwegs aßen. Wir mussten zweimal umsteigen und bei der Art und Weise, wie wir behandelt wurden, hatte ich den Eindruck, dass wir als irgendein Stückgut verfrachtet wurden.

Niemand sprach darüber, weil sich jeder erniedrigt fühlte, sobald die anderen bemerkten, dass es einem nicht leichtfiel, und doch musste ich während der Fahrt oft an meine Geschwister und meine Mutter denken. Ich war zutiefst traurig, dass ich nicht einmal die Möglichkeit hatte, mich von meiner Familie zu verabschieden.

Jetzt schon fehlte sie mir.

Der Gedanke an meine Heimat verfolgte mich häufig, wo immer ich auch war.

Einen Unterschlupf kann man womöglich überall finden, aber die Heimat bleibt immer etwas ganz Besonderes."

Stefan denkt nach: „Es ist erschreckend, dass sich für solche Erlebnisse niemand mehr richtig interessiert, obwohl es noch Menschen gibt, die dieses verarbeiten und alles hautnah miterleben mussten."
Er schämt sich etwas, dass er nie den Mut hatte, vernünftig darüber mit seinem Opa, der doch Ähnliches erlebt hatte, zu sprechen.
Es ist das Gefühl der Wiedergutmachung und unter anderem will er deshalb Manfred zuhören. Es ist ganz offensichtlich, dass Manfred Gesprächsbedarf hat, er will alles loswerden, um jene Geschehnisse noch einmal zu verarbeiten und Revue passieren zu lassen.
Da Stefan aber einen Banktermin um 17 Uhr hat, es geht noch immer um die lästigen Unterlagen, muss er sich verabschieden. Er überlegt, wie er nicht forsch wirken, sich aber zugleich geschickt aus dieser Situation zurückziehen könnte.
„Du hast ja wirklich vieles miterleben müssen. Das tut mir leid und ich möchte auf jeden Fall erfahren, wie es weitergeht. Wir sehen uns ja noch. Ist es Ok, wenn ich erst einmal gehe und morgen wiederkomme?", fragt er vorsichtig.
Manfred wirkt fröhlich, Stefan hat die richtigen Worte gefunden: „Ja, selbstverständlich. Du hast sicherlich noch Termine. Komm einfach morgen irgendwann wieder. Ruf mich bitte vorher an."

Sie verabschieden sich und Stefan läuft zu seinem Auto. Es ist schon kurz vor 17 Uhr. Er ärgert sich etwas, da er alles in letzter Minute erledigt, obwohl er außer Arbeit und einigen Bekanntschaften nichts vorhat. Dieser Umstand führte dazu, dass Stefan vor einigen Jahren sein Philosophiestudium abgebrochen hatte. Obwohl er sich sehr für Literatur und Fragen über das Leben interessiert, hatte er für sich damals festgestellt, dass ein Studium nichts für ihn war.

Als er losfährt, hört er im Radio das Lied „Heimat" (1999) von Herbert Grönemeyer, in dem es heißt: „Heimat ist kein Ort sondern ein Gefühl."

Auch bei Manfred ist es ganz offensichtlich so: Ein Gefühl, das geprägt war von Wärme und Geborgenheit. Dadurch, dass er nicht wusste, wie sein Leben in dieser Situation weiterverlief und was ihn erwarten würde, verbunden mit der Abwesenheit seiner engsten Angehörigen und den Gedanken an die Gegend, die ihn an seine Kindheit erinnerte, entstand Heimweh.

„Wie kann man mit diesem Gefühl in früher Jugend umgehen?", fragt sich Stefan.

Innerlich wünscht er sich auch diese Wärme. Hier, wo er in seiner Heimat ist, muss es für ihn doch auch Geborgenheit geben.

Er schaut noch einmal in den Spiegel, bevor er in die Bank geht. Während des Gesprächs verwendet der Bankangestellte so viele Fachbegriffe, dass er es irgendwann nicht mehr versteht und nicht mehr zuhören kann. Vielmehr beschäftigt ihn die Frage, weshalb er keine Empfindungen für diese Gegend hat.

Zu Hause angekommen, verläuft sein Abend wie jeder andere auch. Es stehen noch immer die drei Kartons voller

Bücher im Flur. Er wollte sie schon letzte Woche wegräumen, doch Lust hatte er nicht. Im Grunde hat er auch nicht verstanden, weshalb sie nicht mit weggeworfen wurden. „Da kannst Du später noch einmal hineinschauen!", sagte seine Mutter.

Und jetzt stehen sie bei Stefan.

„Vor meinem Urlaub räume ich sie noch weg!", nimmt er sich entschlossen vor. „Aber nicht heute!"

Also geht er ins Wohnzimmer, isst zuvor noch Abendbrot und guckt das übliche Fernsehprogramm.

Am nächsten Tag verlässt er um 12 Uhr das Haus. Nachdem er noch einige Dinge für seinen neu eingerichteten Balkon einkaufen musste, fährt er zu Manfred.

Da Stefan noch arbeiten muss, versucht er schnell einen Anknüpfungspunkt zu dem gestrigen Gespräch zu finden. „Wo seid ihr denn dann eigentlich angekommen?", fragt er ihn.

Manfred antwortet überrascht: „Wovon sprichst du? Wo angekommen?"

Stefan verweist auf die Kriegssituation und dass niemand wusste, wo es hinging. „Ach ja…", tut Manfred, als würde er sich erst jetzt erinnern.

„Als wir schließlich anhielten, bemerkte ich ein Ortsschild: Nimwegen- Arnheim, wir waren also in Holland angekommen. Wir wurden Baracken zugeordnet und sofort begann das Übungsschießen mit Gewehren. Einige Stunden später erhielten wir dann abwechselnd den Auftrag, die Kanonen zu inspizieren. Das bedeutete, wir erlernten deren Umgang und wie man sie abfeuerte.

Bereits zwei Tage später sollte unsere Fahrt weitergehen: Unser Anführer bekam die Nachricht, dass das deutsche

Volk unseren Einsatz in Nordfrankreich bräuchte. Ohne zu wissen, was uns erwartet, stiegen wir wieder in die Züge ein.

Ich bemerkte ein Gespräch zwischen ihm und einem anderen Verantwortlichen, der scheinbar auch eine Führungsperson war. Beide murmelten etwas wie: „Im Umgang mit Kanonen und Gewehren sind sie jetzt geschult, da werden sie jetzt dem Führer alle Ehre erweisen können." Der andere sagte, dass es jetzt zur Sache ginge, da die Engländer und Amerikaner kämen.

Die Invasion begann und die Russen hatten die Maginot-Linie und wir den Westwall.

In Calais waren wir bald angekommen, es dauerte nicht lange. Wir gingen zum Strand, alle in Reih und Glied. Dann begann der Ernst des Lebens.

Direkt am Strand sind wir auf ein Bombardement gestoßen, die Boote setzten über und wir sollten sofort auf diese schießen.

Die Schreie und Bilder, die ich dort nichts ahnend mitbekam, hörte ich später noch nächtelang. Die verwundeten Soldaten schrien vor Schmerzen um Hilfe und einige Kameraden, mit denen ich noch kurz zuvor singend im Zug gesessen hatte, lagen tot neben mir.

Das war Krieg und wir waren mittendrin.

Unser Anführer befahl, wir sollten auf die Boote schießen, immer und immer wieder.

Wilhelm, ein Junge meines Alters, den ich bereits von der Musterung kannte, schrie laut auf. Er lag neben mir und sein Bauch war blutüberströmt, eine Kugel hatte ihn getroffen. Ich hockte mich zu ihm, war unendlich hilflos.

Ich hatte noch nicht einmal etwas, womit ich die Wunde bedecken konnte. Ich war absolut geschockt, ich konnte nichts sagen und sah in seine Augen. Sein Gesichtsausdruck signalisierte einen Schrei nach Hilfe und gleichzeitig war es das Bewusstsein, dass es das Ende seines Lebens war. Neben ihm schrie einer: „Komm, wir müssen weiter, sonst liegst Du gleich daneben." Diese Situation verlief innerhalb weniger Sekunden, aber sie verfolgte mich mein ganzes Leben lang.

Wir sind weiter gezogen, als wenn man auf der Straße mit seinem Auto an toten Tieren weiterfährt, die vor kurzem von jemandem überfahren worden sind.

Die Boote durften wir, um etwa nach England zu kommen, nicht betreten, da unser Anführer Angst hatte, sie würden ein Feuerwerk vorbereiten und dann hätte die ganze Küste gebrannt.

Die toten Leiber wurden an den Strand gespült und lagen dort verteilt wie Steine, die niemand beachtete.

Ein Bild des Grauens, der Ernst des Lebens hatte begonnen…"

Stefan muss sich setzen, er lehnt sich zurück und ist geschockt. Es tut ihm von ganzem Herzen leid, dass Manfred so etwas hatte erleben müssen.

Er hat immer gedacht, dass er mit seinen 34 Jahren bereits viel erfahren hatte, doch im Vergleich zu diesen Erlebnissen ist sein Leben unspektakulär.

Marion sagte ihm immer, dass alles im Leben einen Sinn habe. „Doch welcher steckt dahinter?", fragt sich Stefan. „Wo sollte hier etwas Gutes vorhanden sein? Ein 17-Jähriger inmitten eines Bombardements und eines Angriffs, bei dem massenhaft Leichen am Strand verteilt liegen?

Welche Erfahrungen führt ein solches Erlebnis mit sich, damit man später sagen kann, es hatte doch was Gutes?

Wahrscheinlich ist ihm durch die Abwesenheit von der Familie bewusst geworden, wie wichtig die Familie ist und was sie bedeutet", denkt Stefan und versucht den Bezug zur heutigen Gesellschaft herzuleiten.

Er stellt fest, dass doch ein Teil der Jugendlichen bis Mitte 20 Zuhause wohnt und selbstverständlich auf Kosten der Eltern lebt, ohne dass ihnen die Wichtigkeit der Wertschätzung bewusst wird. „Ist es vielleicht dieser Aspekt: Die Bedeutung der eigenen Familie und deren Wertschätzung?", grundsätzlich stellt sich Stefan viele Fragen über die Welt und seine Mitmenschen.

Es ist der Grund dafür, dass er sein eigenes Leben nicht richtig genießen kann, denn durch die Gedanken an andere und deren Beziehungen, vergisst er häufig seine eigenen Bedürfnisse. Er nimmt sich zumeist Mitmenschen an, die er sympathisch findet und orientiert sich an ihnen. Falls diese allerdings ein Handlungsmuster offenbaren, und sei es nur eine kleine Meinungsverschiedenheit, die der seinen widerspricht, wird diese Person für ihn uninteressant.

Das ist der Grund, weshalb er seinen eigenen Lebensweg noch nicht kennt. Er versucht in allen Situationen Parallelen zu seinem eigenen Leben zu ziehen, um daraus etwas zu lernen oder nach dem Sinn zu fragen.

Häufig wünscht er sich, dass er seine Gedanken einfach abstellen und er in seinem Privatleben einen ähnlich klaren Weg verfolgen könnte, wie in seinem Beruf, in dem er sehr herzlich und liebevoll mit seinen Mitmenschen umgeht.

Bei Manfred verbindet er die Kriegssituation mit Erlebnissen, die vielleicht sein Opa auch gemacht hatte und zudem kann er noch eine andere Überschneidung finden:

Als er 20 Jahre alt war, ging Stefan für einige Monate nach Nordfrankreich, nach Hazebrouck. Dort arbeitete er als

Verkäufer in einem Supermarkt und Calais ist etwa eine Stunde mit dem TGV von Hazebrouck entfernt.

Er war damals einige Male dort und immer, wenn er Besuch aus der Heimat bekam, fuhr er mit ihnen nach Calais, wo er alles als sehr schön und idyllisch empfand, besonders auch mit Marion, die ihn dort für zwei Wochen besuchte.

Ihm ist bewusst, dass der Krieg mehr als 60 Jahre her war und er weiß auch aufgrund der dortigen Denkmäler und aus Erzählungen, dass es einen heftigen Kampf dort gegeben haben musste, doch wirkt es jetzt anders für ihn, realistisch und nah.

Er schaut zur Uhr, er hat noch 30 Minuten, bis er seine Arbeit aufnehmen muss. Schnell fragt er: „Wo seid ihr danach hingegangen?"

Angestrengt und stirnrunzelnd fährt Manfred fort: „Nach dem schrecklichen Kampf in Calais wurden wir weiter getrieben und zwar bis nach Prag zum Flugplatz Rosin.

Der Weg dauerte ewig und das Essen wurde knapp, wir bekamen nur noch irgendwelche Reste, die man irgendwoher auftreiben konnte. Die Übriggebliebenen aus unserer Truppe zogen mit. Der Weg war sehr steinig und bergig und es kam keine Post mehr durch.

Zumal war es ab sofort auch verboten, Briefe zu schreiben, da niemand mehr wissen durfte, wo wir waren.

An Schreiben hatte von nun an niemand mehr gedacht.

Jeder war mit sich selbst und der Verarbeitung des bisher Erlebten beschäftigt, wenngleich auch niemand darüber sprach.

Wir versteckten uns dann in Prag und die Übriggebliebenen verschwanden in unterschiedliche Richtungen. Auf dem Weg dorthin sahen wir immer wieder Flugzeugraketen, von denen man erzählte, es sei der deutsche Kriegsgewinn. Doch wir wussten ebenfalls aus Erzählungen, dass die Engländer Doppelrumpfmaschinen hatten, die als sehr gefährlich galten.

Die Kanonen hatten verschiedene Nummern und wir wurden an der Kanone 75 ausgebildet, in Prag war es dann die 85. Dort wurde auch sehr bald die Munition knapp, es gab keinen Nachschub mehr.

Vom Osten kamen die Russen und vom Westen die Amerikaner. Wir konnten uns ab sofort nur noch nachts fortbewegen, weil wir tagsüber befürchten mussten, erschossen zu werden.

Es war inzwischen Winter 1944/45 und eisig kalt.

Besondere Angst hatten wir, dass wir in russische Gefangenschaft kamen.

Ich weiß nicht mehr genau wieso, aber es galt einfach als besser, von den Amerikanern als von den Russen in Gefangenschaft genommen zu werden. Nicht nur die Munition wurde knapp, sondern auch die Nahrung galt von nun an als absolute Mangelware. Es war egal, was man zu essen bekam. Die Hauptsache war, dass man etwas Warmes im Bauch hatte.

Die Anzahl der Toten aus unserer Einheit und jene, die wir unterwegs sahen, wuchs enorm. Im Dezember 1944 hieß es dann, dass die Russen bereits in Schlesien waren. Das war für uns ein Alptraum, wir hatten Angst vor der russischen Gefangenschaft.

Dann bekamen wir die Nachricht von dem Kriegsende und der Kapitulation. Wir wurden entlassen und gleichzeitig zu Freiwild.

Es war mittlerweile April/Mai 1945 und einige aus meiner Einheit und ich beschlossen zu den Amerikanern nach Egerland Pilsen zu gehen.

Wir zogen aus dem Sudetenland los und trafen stets auf andere Soldaten, die uns entgegenkamen und uns warnten, dass die Russen in naher Ferne wären.

Wir zogen trotzdem weiter und es war keine Seltenheit, dass wir über zwei Tage nichts zu essen bekamen.

Am 14.05.1945 wurden wir schließlich von den Tschechen auf einem Rittergut in Tepl (am Teplersee) in Gefangenschaft genommen.

Es war ein regnerischer Tag.

Wir wussten nicht, was das Ganze zu bedeuten hatte, nur dass wir ab sofort unsere kurzzeitig erworbene Freiheit wieder verloren hatten."

„Freiheit", das ist ein weiterer Begriff, über den Stefan kurz nachdenken muss. „Manfred war ein junger Mann, der bereits im Denken und Handeln in frühester Jugend dazu gedrillt wurde, die Grundsätze der Nationalsozialisten zu verinnerlichen. Eigene Erfahrungen, was die körperliche und geistige Freiheit betrifft, konnten nur eingeschränkt gemacht werden. Die Richtung, in die der Weg führen sollte, wurde vorgegeben", geht ihm durch den Kopf.

Da Stefan in einer bekannten Zeitschrift vor kurzem einen Aufsatz gelesen hat, erinnert er sich an ein Zitat von Simone Weil, die einen Menschen als „vollständig versklavt" bezeichnet, wenn das eigene Denken dem eines anderen entstammt. In diesem Sinn war die Bevölkerung fast vollständig versklavt. Für die heutige Zeit nur ansatzweise, zumindest für die deutsche Gesellschaft, nachvollziehbar.

Doch hinterlässt eine solche Doktrin nicht Spuren im Leben? Inwiefern soll das „gut" sein?", fragt er sich.

Manfreds Leben interessiert Stefan und er will wissen, was da noch kommt, was er erlebt und was (und ob überhaupt) er daraus lernen konnte.

In diesem Moment klingelt sein Handy. Es ist sein Wecker, den er sich vorsorglich gestellt hat, um den Dienstbeginn nicht zu verpassen, denn er hat geahnt, dass dieser Besuch für ihn wie ein Abtauchen in eine andere, aber irgendwie eine bekannte Welt war.

„Wir sehen uns ja gleich noch. Wenn Du noch nicht müde bist, können wir nachher noch mal sprechen, ok?", fragt Stefan freundlich. Manfreds Augen strahlen wie die eines kleinen Jungen. „Gerne, du weißt ja, wo Du mich findest!", antwortet er.

Seine Arbeitszeit hat begonnen. Die Arbeit macht Stefan keinen Spaß, aber als er sich entschieden hatte, wieder nach Bad Gandersheim zu ziehen, fand er die Stellenausschreibung im Internet.

Besonders furchtbar findet er die Nachtschicht. Das war im Altenheim in Heiligenhafen, in dem er zuvor gearbeitet hat, auch schon so.

Ab 23 Uhr hat er zumeist nicht mehr viel zu tun und so geht er zu Manfred. Er schläft noch nicht. Stefan kommt herein.

„Wo waren wir stehen geblieben?", fragt sich Manfred. „Ach ja, es war Kriegsende…

Die Tschechen standen mit Gewehren vor uns und überwachten jeden unserer Schritte. Wer die Befehle nicht ausführte, wurde erschossen.

Es lauerte Gefahr, wo immer du auch warst.

Es hätte jeden Moment zu Ende sein können. Die Willkürlichkeit über Tod oder Leben eines anderen Menschen zu entscheiden, war beängstigend.

Wir mussten Erdlöcher ausgraben und zwar tagelang. Der Hunger war mittlerweile so groß, dass daran etliche Soldaten regelrecht krepierten. Anfangs wurden die Pferde geschlachtet.

Es fehlte Salz, das ist etwas, was ich nie vergessen werde. Dadurch schmeckte das bisschen Essen, das wir bekamen, nach gar nichts.

Die älteren Männer starben wie die Fliegen. Die Skelette lagen herum und irgendwann, als der Haufen mit den Leichen zu groß wurde, wurden die Menschenmassen auf Lkws aufgeladen und abgeholt. Niemand verlor je ein Wort darüber, wohin sie gebracht wurden.

Das Alter der noch Überlebenden sank drastisch. Besonders viele ältere Männer, die zum Teil bereits im 1. Weltkrieg gekämpft hatten, verloren hier ihr Leben.

Wir hatten solch einen Hunger, dass wir auf dem Feld neben unserer Baracke heimlich die angekeimten Kartoffeln aus der Erde geklaut und gegessen haben.

Ich höre noch einen sagen: „Wenn sie uns erwischen, sind wir tot." Doch wir wurden nicht erwischt und man kann sich nur schwerlich vorstellen, was man in Notsituationen aus Hunger alles machen würde.

Die Offiziere, die uns dort beaufsichtigten, hatten von den Gefangenen alles genommen.

Ich kann gar nicht mehr genau sagen, wie viele Menschen dort waren, doch es waren Hunderte.

Wie man aus Filmen und Gruselgeschichten über den Zweiten Weltkrieg hört, dass viele Heimweh hatten, kann ich auf mich zu diesem Zeitpunkt nicht beziehen. Ich musste um mein eigenes Leben kämpfen und das Bedürfnis nach Familie war zweitrangig. Der Hunger war so enorm, dass alles andere hinten anstand. Man kann sich nicht vorstellen, wozu ein Mensch in absoluter Hungersnot im Stande ist."

Stefan musste an die Brechtsche Dreigroschenoper denken, denn dort heißt es: „Erst kommt das Fressen und dann kommt die Moral." Er kann es nicht nachempfinden, weil es für ihn in Zeiten der Massenproduktion und „Wegwerfgesellschaft" kaum vorstellbar ist.

„In welcher Lage muss sich ein Mensch befinden, dass die wesentlichen Gefühle, die in unserer heutigen Gesellschaft einen so hohen Stellenwert haben, damals keine wesentliche Rolle gespielt hatten? Liebe, Vertrauen, Gerechtigkeit und Sicherheit sind Werte, die sicherlich jedem bewusst waren, doch sie fanden in dieser Zeit, die von grausamen Momenten geprägt war, nur begrenzt Eingang in das Alltagsgeschehen", sagt Stefan zu Manfred.

Manfred geht darauf allerdings nicht ein, sondern fragt: „Musste dein Opa nicht in den Krieg?"

Froh darüber, dass sich auch jemand nach seiner eigenen Vergangenheit erkundigt, antwortet er: „Mein Opa war vielleicht noch zu jung. Er erzählte mir nie etwas über den Krieg. Wahrscheinlich, weil er es verdrängen wollte oder sich nicht erinnern konnte. Immer, wenn er etwas darüber sagen wollte, unterbrach ihn meine Oma und sagte: „Ach Menne, lass doch die alten Geschichten!"

Mein Opa schüttelte dann immer den Kopf und sprach sie mit ihrem kompletten Namen in einem langsamen, aber etwas aufbrausenden Ton an." Im gleichen Atemzug versucht Stefan die Redensweise seines Großvaters zu imitieren: „Hanne Schulz!"

„Mit meiner Oma habe ich öfter versucht darüber zu sprechen, aber sie war auch immer sehr traurig, vor allem wenn sie von der Nachkriegszeit berichtete.

Sie meinte immer, dass die Erinnerungen nur alte Wunden aufwühlen würden und dass es später auch ein Familienproblem gegeben hatte.

Verstanden habe ich das zwar nicht, aber da ich merkte, dass sie nicht gern darüber sprach, beließ ich es auch dabei. Leider ist sie vor 15 Jahren bei einem Autounfall ums Leben gekommen."

Manfred stockt der Atem. Er braucht einige Sekunden, um die Aussage von Stefan zu verarbeiten.

Er hat richtig gehört.

„Entschuldige, könntest du mir bitte eben eine neue Flasche Wasser besorgen?", bittet er ihn höflich, um einen Moment für sich zu bekommen. „Na klar!", sagt Stefan und verschwindet.

Manfred sitzt wie gelähmt da.

„Das darf nicht wahr sein!", denkt er nur und wischt sich mit seinem, bereits mehrfach benutzten, Taschentuch den Schweiß von der Stirn ab.

Es ist Angstschweiß. Auf einem leeren Blatt, das vor ihm auf dem Tisch inmitten der ganzen Zeitungen liegt, notiert er in einer fast unleserlichen Schrift den Namen *Schulz*.

Stefan bemerkt von alledem nichts.

Als er mit der Flasche Wasser im Arm wiederkommt, fährt Manfred fort: „Irgendwann hieß es, dass die Amerikaner uns hier herausholen wollten.

Eines Tages mussten die Hundertschaften antreten. Es kamen LKWs und wir mussten aufsteigen. Als der LKW voll war und jemand rief: „Es passt niemand mehr drauf!", wurde kurz losgefahren und abrupt gebremst, so dass immer mehr Personen auf dem LKW unterkommen konnten. Ein Abtransport wie mit Möbelstücken.

Von dort aus ging es dann nach Regensburg ins Entlassungslager. Und erst ab diesem Zeitpunkt kam das menschliche Leben zurück.

Wir bekamen als erstes eine Spritze (DTT) und später die Entlassungspapiere. Wir mussten unterschreiben, dass wir nie wieder eine solche Uniform anziehen werden und alle Sachen, die wir noch hatten, mussten wir, bis auf jeweils ein Kleidungsstück, abgeben.

Dort hatte ich allmählich eine Freundschaft mit Adolf Otto aufgebaut. Er war Russland- Deutscher und wir haben das Lager dann gemeinsam verlassen und sind bei einem Bauern in Pocking gelandet.

Adolf wäre mir fast vor Hunger zusammengebrochen und mein Magen knurrte ebenfalls. Dort lernten wir die Familie kennen und begannen zu arbeiten.

Wir verdienten am Tag eine Mark. Viel wichtiger war allerdings, dass wir Nahrung bekamen.

Es war der Sommer 1945 und wir mussten immerzu Gras mähen und als Hauptnahrungsmittel bekamen wir Zuckerrüben und Kürbisse.

In Erinnerung blieb mir folgende Situation:

Ich konnte das Essen irgendwann nicht mehr sehen und als Adolf und ich eines Tages erschöpft von der Arbeit in unsere Unterkunft („Zuhause" kann ich diese Unterkunft aufgrund der heutigen Vorstellung von dem, was ein „Zuhause" ausmacht, nicht nennen) kamen, roch es im ganzen Bauernhof nach Braten. Ich folgte instinktiv diesem Geruch, während sich Adolf vor der Tür noch gewaschen hatte.

Da ich den Topf sehr schnell fand (er stand in der Waschküche) und niemand in der Nähe war, öffnete ich den Topf und aß, ich achtete nicht darauf, wie viel ich überließ. Als ich satt war, hatte ich ein unglaublich schlechtes Gewissen, Schuldgefühle überkamen mich. Obwohl ich das erste Mal seit langer Zeit wieder richtig satt war, plagten mich Gewissensbisse.

Ich habe die ganze Nacht nicht schlafen können, weil ich mich immer wieder fragte, welche Konsequenzen denn auf mich warteten. Zumal hatte ich die anderen nicht bedacht, die auch etwas essen wollten.

Noch bevor es hell und Adolf wach wurde, bin ich zu dem Hauswirt hoch. Als ich an der Waschküche vorbeiging, konnte ich sehen, dass der Bratentopf weg war, sie mussten es also schon wissen. Ich bekam Angst, dennoch ging ich weiter. Oben angekommen beichtete ich sofort, dass es mir sehr leid tat, dass ich davon aß und dass Adolf damit nichts zu tun hatte. Sie saßen beide da und waren zwar enttäuscht, aber nicht sonderlich verärgert. Seine Frau meinte: „Wir hoffen, es kommt nicht wieder vor, wir müssen alle mit dieser Situation umgehen." Als ich mich umdrehte, sagte der Hauswirt leise: „Manfred, wir danken Dir für Deine Ehrlichkeit."

In diesem Moment klingelt der Pieper. Stefan muss schnell auf eine andere Station. „Ich komme nachher wieder!", sagt er eilig und läuft zur Tür.

Auf dem Weg dorthin denkt er: „Ehrlichkeit währt am längsten", so wird es prophezeit und gilt auch heute noch als Leitlinie für moralisch richtiges Handeln. Spätestens an dieser Stelle war ihm bestimmt bewusst geworden, weshalb einer der Grundsätze in seiner eigenen Familie Ehrlichkeit gewesen war.

Ehrlich zu sein ist in allen Bereichen die Grundlage für viele weitere Werte, wie z.B. Vertrauen und dient als Voraussetzung für ein glückliches Leben. Damit sind keine Notlügen gemeint, die durchaus gerechtfertigt sein können. Entscheidend ist die Grundeinstellung, dass man ehrlich mit seinen Mitmenschen umgeht. Ob es nun bei Herzensangelegenheiten oder anderen Situationen ist, deutliche und klare Worte, sowie die Verkündung von aufrichtigen Gefühlen sind die Basis für ein harmonisches Zusammenleben, woraufhin Vertrauen und Verständnis aufgebaut und Konflikte vermieden und gelöst werden können", sagt er sich und denkt an das Seminar „Moral und Ethik", an dem er im ersten Semester einige Male teilnahm.

Das alles ist Stefan bewusst, er hat ein Verständnis von allem, was als moralisch richtig und nicht richtig angesehen wird. Doch, er hält sich selbst nur in Ansätzen daran.

Er wirkt für seine 34 Jahre relativ jung und achtet sehr auf sein Äußeres. Er ist schlank und ihm ist bewusst, dass er eine gewisse Wirkung auf Frauen hat.

Seine bisherigen Beziehungen verliefen durchschnittlich.

Jedes Mal, wenn seine Gefühle für die Partnerin schwächer wurden, beendete er die Beziehung mit der Hoffnung, dass die nächste die Richtige wäre.

Es ist ihm wichtig, jemanden zu haben, um nicht alleine sein zu müssen.

So ist es auch momentan. Sie heißt Lena und ist eine Kollegin, die 27 Jahre alt ist. Er ist sich seiner Gefühle nicht sicher, verbringt aber viel Zeit mit ihr.

Für Lena ist es keine Affäre und er weiß das. Sie liebt ihn und würde, angesichts ihrer Situation, alles für ihn tun.

Eine Ausnahme war die Beziehung zu Marion.

Marion wollte damals alles von ihm wissen, was er macht, wie es ihm geht, wie er denkt, welche Aufgaben er bei seiner Arbeit genau zu bewältigen hat und wie er fühlt. Doch bevor sie ernsthaft mit ihm darüber sprechen und sie ihm ihre Situation schildern konnte, denn es gab noch etwas, wovon er nichts wusste, war es zu spät für sie beide.

Die Nacht verläuft wie jede andere. Als Stefan gegen 6 Uhr Feierabend hat, sieht er, dass bei Manfred schon Licht brennt.

Stefan hatte es nicht geschafft, ihn zwischendurch nochmal zu besuchen, doch jetzt nutzt er diesen Moment. Als Manfred öffnet, steht er noch im Schlafanzug da und sieht so aus, als ob er wenig geschlafen hat.

„Ich habe bis halb 2 gewartet, dann bin ich eingeschlafen", sagt Manfred mit einem leicht vorwurfsvollen Unterton.

Stefan setzt sich auf den Stuhl und entschuldigt sich. „Hast du dich denn sehr wohl gefühlt in der Familie?", fragt er um das Thema zu wechseln.

Manfred antwortet:

„Besonders in Erinnerung aus dieser Zeit blieb mir, dass in dieser Familie zu jeder Zeit, vor und nach jedem Essen gebetet wurde. Auch wir mussten beten, unabhängig davon, ob wir an Gott glaubten oder nicht. Abgesehen davon, glaubte ich zu diesem Zeitpunkt noch an Gott.

Allmählich kamen dann die Gedanken an Zuhause und an meine Familie wieder.

Anfang November 1945 kam unser Bauer aus dem Dorf zurück und erzählte uns nach dem Gebet zum Mittagstisch, dass er bei Lore Berndt, einer älteren Frau im Dorf, gewesen war.

Den Namen kannte ich.

Ich saß wie versteinert da und konnte vor lauter Vorfreude nichts mehr essen und sprang nach dem Mittagessen sofort auf, um sie aufzusuchen.

Ich kannte sie, denn sie kam, sofern es nicht noch mehrere mit diesem Namen geben sollte, auch aus unserem Dorf.

Ich suchte sie auf und fand sie schließlich.

Lore war sehr dünn, scheinbar hatten auch bei ihr die Umstände des Krieges Spuren hinterlassen. Ihr Gesicht war eingefallen und knochig.

Sie erkannte mich sofort.

Sie war es also tatsächlich.

Ich war glücklich und traute mich erst nicht nach meiner Familie zu fragen, da ich Angst hatte, dass sie mir mitteilt, dass sie es nicht geschafft hatten. Aber ich brauchte nicht zu fragen, denn sie erzählte mir, dass sie keine genauen Informationen über meine Familie habe, sie wusste nur, dass das ganze Dorf nach Osterode in den Harz gekommen sei. Was allerdings mit meiner Familie passiert war, wusste sie nicht genau.

Wir verabschiedeten uns und ich sagte ihr, dass ich die nächsten Tage erneut wiederkomme, da sie sich über Bekannte informieren wollte, was mit meiner Familie geschehen war und ob sie nun auch in der Nähe von Osterode wohnte.

Insgeheim war dieses erste Treffen ein so freudiges Ereignis für mich, dass ich an nichts anderes mehr denken konnte. Allerdings hatte ich auch ein ungutes Gefühl, da ich, obwohl ich mich freute, Angst hatte, meine Familie wiederzusehen.

Was ist die ganze Zeit passiert? Wie habe ich mich verändert? Was hat der Krieg aus mir gemacht, bin ich meiner Mutter fremd geworden?

Solche Fragen gingen mir durch den Kopf.

Zwei Tage später erwartete mich Lore Berndt schon. Ich ging zu ihr und sie saß auf einer Bank, die aus unebenen Holzbalken zusammengehämmert war.

Sie sagte, dass ich Platz nehmen sollte und dass sie bereits auf mich wartete.

Ich zitterte vor Aufregung.

Dann erzählte sie mir, dass meine Familie tatsächlich in einem kleinen Dorf bei Osterode wohnt. Das Dorf würde Düderode heißen. Für mich stand ab diesem Zeitpunkt fest, dass ich dort hin musste.

Wie und von wem Lore Berndt diese Information bekommen hat, weiß ich bis heute nicht.

Der Bauer, bei dem wir untergekommen waren, wollte uns erst nicht gehen lassen und machte uns Angst, indem er mehrmals sagte, dass die Russen dort seien.

Mir war es aber egal, ich musste zu meiner Familie.

Ich nahm also meinen Entlassungsschein, mit dem wir mit der Bahn kreuz und quer durch Deutschland fahren konnten. Als Dankeschön bekam ich von dem Bauern noch ein lebendes Kaninchen mit und stieg dann in den Zug, ohne zu wissen, was mir bevorsteht.

Ich verabschiedete mich von Adolf und sah ihn bis heute nicht wieder.

Als ich in Kreiensen angekommen bin, musste ich in eine Kleinbahn ein- und in Willershausen aussteigen. Ich bin dann von Willershausen nach Düderode gelaufen.

Dort sagte mir ein Mann, dass meine Familie in einer Wohnung leben würde, die sich oben im Schulgebäude befindet. Im Anschluss erklärte er mir noch den Weg.

Ich betrat das Schulgelände, meine Beine zitterten vor Aufregung und Unwissenheit.

Es war gerade Pause und ein kleiner Junge kam auf mich zu und fragte, wo ich hinwollte. Ich sagte, dass ich Manfred bin und meine Familie suche. Er ist zu unserer Mutter gelaufen und schrie lauthals: „Mama, Manfred ist wieder da!"

Er war also Wolfgang, mein kleiner Bruder.

Meine Mutter schaute aus dem Fenster heraus und sie fing an zu weinen. Ich auch. Sie kam zur Tür, ihre Freude war riesig.

„Ich habe immer an dich gedacht, wo immer du auch warst", sagte sie traurig."

Stefan fühlt sich wie ausgewechselt, wie in jene Zeit hineinversetzt. Er sieht das alte Schulhaus förmlich vor sich und kann die Gefühle aller Beteiligten nachempfinden. Er sieht den kleinen Bruder und spürt dieses Glück, welches die Mutter empfand.

Es ist mittlerweile 7 Uhr und Zeit zum Frühstücken. Stefan ist, trotz der Arbeit, nicht müde. Er fragt sich, wieso er sich ausgerechnet für die Lebensgeschichte dieses Mannes interessiert. Er nimmt seinen Rucksack und verabschiedet sich.

Zu Hause angekommen, nimmt er sein Handy heraus.

Wieder keine SMS. Er schaut bei Facebook nach, ob sich jemand bei ihm gemeldet hat. Doch auch da gibt es nichts Neues.

Auch auf der Seite von Marion nicht.

Nur Lena hat sich bei Whatsapp gemeldet und will sich mit ihm treffen. Er antwortet noch kurz, dass es ihm morgen Nachmittag passen würde und geht dann schlafen.

Er träumt von den Erlebnissen, die Manfred ihm geschildert hat. Es ist, als erlebe er die Situation der Ankunft hautnah mit.

Er geht den Flur mit den maroden Wänden im Haus hinauf, sieht seine Mutter in einer alten Schürze und die Töpfe, die sie in zwei großen, mit Wasser gefüllten, Schalen abwäscht. In dem Moment, als Wolfgang ruft, dass Manfred wieder da sei, lässt sie das Abwaschtuch fallen und rennt zur Tür hinunter.

In dem Moment vibriert das Handy von Stefan. Er wird aus dem Schlaf gerissen. Es ist 14.30 Uhr. Lena kündigt an, dass sie um 16 Uhr bei ihm wäre.

Er freut sich auf sie.

Kurz nach 16 Uhr klingelt es. Sie küssen sich zur Begrüßung, essen ein Stück Erdbeerkuchen zusammen und schlafen dann miteinander. Für sie ist er ihr Traummann. Sie liebt ihn, auch wenn sie sich erst seit kurzer Zeit kennen.

Er aber weiß genau, was er tut. Lena gibt ihm die Bestätigung, die er braucht und tauscht, je nachdem wie er es will, eine Schicht mit ihm.

Bei der Arbeit ist die Beziehung der beiden ein offenes Geheimnis. Jeder tuschelt über sie, allerdings fragt niemand, was dahinter steckt. Stefan genießt es, dass ihre Kollegen darüber sprechen, denn auf diese Weise scheint er zu verstehen, dass andere an seinem Leben interessiert sind.

Er ist sich unsicher, ob Lena dauerhaft die Frau an seiner Seite sein kann. Bei Marion war es irgendwie anders, denn mit ihr verbindet er mehr. Sie hatten einen gemeinsamen Traum, den Traum, mit dem beide den Sinn des Lebens verbanden.

Es gab in der letzten Zeit häufig Momente, in denen er an sie denken musste und kurz davor war, Marion zu schreiben. Doch jedes Mal, wenn er sein Handy nahm, hatte er Schuldgefühle, denn ihm ist bewusst, dass er sich ihr gegenüber nicht richtig verhalten hatte. Er legte sein Handy also wieder aus der Hand und hoffte darauf, dass sich die beiden per Zufall wiedersehen würden und nochmal alles hinter sich lassen könnten. Doch das geschah nicht.

Er weiß ganz genau, dass er derjenige ist, der sich jetzt bei ihr melden müsste, sie hatte so viele Versuche unternommen, die zu nichts führten, dass er es jetzt ist, der sich verändern muss, sofern er seine Sturheit überwinden würde und es das Schicksal zuließe.

Um 20 Uhr verlassen Stefan und Lena seine Wohnung, denn seine Nachtschicht soll wieder um 22 Uhr beginnen.

Und wie am Tag zuvor, will er noch zu Manfred, um zu hören, wie die Zeit nach seiner Wiederkehr weiterverlaufen ist.

Manfred liegt auf seinem Bett, seine Stimmung ist heute nicht gut, weil es sehr verregnet und kalt ist. Als Stefan sein Zimmer betritt, ändert sich seine Gefühlslage schlagartig.

Ohne ein Wort über seinen heutigen Gesundheitszustand zu verlieren, beginnt er zu erzählen:

„Es dauerte einige Zeit, bis ich mich an alles gewöhnte. Es war ein komisches Gefühl dorthin zu kommen und ein neues Leben aufzubauen.

Ich sah ab sofort vieles mit anderen Augen und verbrachte viel Zeit in der Natur und half meiner Mutter, wo ich nur konnte. Schließlich hatte ich das innere Bedürfnis eine Art „Ersatzvater" für meine kleineren Geschwister zu sein. Und meine Mutter so fleißig und einsam zu sehen, machte mich unendlich traurig. Zugleich war es wie ein neues Kennenlernen.

Ich machte Bekanntschaft mit den Nachbarn und die Zeit verging.

Ein Tag sollte mein Leben verändern.

Es war Herbst und die Bäume waren bereits teilweise kahl, als ich morgens die Kaninchen füttern ging.

Es war kalt, aber die Sonne hatte trotzdem noch Kraft und erzeugte ein positives Tagesgefühl.

Ich ging also mit meiner Schüssel Weizen und den Kohlresten des Vortages hinaus. Als ich den Kaninchenstall öffnete, hörte ich auf einmal die Stimme einer jungen Frau im Hintergrund. „So früh schon auf den Beinen?", meinte sie.

Ich sagte mit einem überraschenden Gefühl: „Ja, sie haben ja auch Hunger."

Was für ein blöder Satz, aber mir fiel nichts anderes ein. Ich drehte mich um und wusste, dass sie es war.

Stefan, das ist ein Moment gewesen, ich dachte, den würde es nur im Film geben.

Sie hatte ein Kleid an, das mit bunten Blumen bestickt war.

Wir unterhielten uns ein wenig und ab diesem Moment bin ich jeden Morgen zu dieser Zeit zum Stall gegangen und hoffte, sie wiederzusehen.

Meine Gedanken an diesen Morgen raubten mir manchen Schlaf.

Ich wusste zwar, dass sie in der Nähe wohnte, aber einordnen konnte ich es nicht richtig. Sie arbeitete in einer Näherei in Willershausen (Firma Reuschel) und machte dort drei Schichten. Ich informierte mich bei Bekannten, weil ich sie häufig zur Arbeit gehen sehen habe und erfuhr, dass sie Elli Lübbecke hieß.

Ob sie zu dieser Zeit auch so oft an mich gedacht hat wie ich an sie, weiß ich nicht, da haben wir nie drüber gesprochen. Als die Näherei schließen musste, ist sie jeden Tag zur Näherei nach Northeim gegangen."

„Dieser Umstand scheint auch für unsere heutige Zeit nicht nachzuempfinden", denkt Stefan. „Für unsere Generation ist es unglaublich, dass man eine solche Distanz jeden Morgen zu Fuß meistert, dann arbeitet und schließlich die Strecke wieder nach Hause geht. Für viele Menschen, die die beschriebene Zeit miterlebt haben, ist dies wohl nichts Außergewöhnliches, schließlich hatte man zumeist keine Fahrmöglichkeit. Die heutige Situation ist damit nicht mehr vergleichbar, es gibt Bahnverbindungen und Busse, die jedes Dorf anfahren und der Großteil der Heranwachsenden macht bereits schon im Alter von 17 Jahren den Führerschein", sagt er und ihm wird klar, in welchem Luxus er heute lebt. „Für jede noch so kleine Entfernung nimmt man heute das Auto, um Zeit zu sparen oder aus reiner Faulheit." Die Gründe vermag Stefan nicht zu beurteilen, doch scheint es ihm von Zeit zu Zeit wichtig, dass man registriert, wie gut man es heute diesbezüglich eigentlich hat.

„Das stimmt.

An den Tagen, an denen sie mich zufällig gesehen hat, war es leider nur ein „Guten Tag und schönen Weg", wobei ich auch nicht so genau wusste, was ich machen sollte, mein Herz sagte gleich, sie ist es, doch ich wollte ja keine Abfuhr bekommen und forsch wirken wollte ich auch nicht.

Doch die Unwissenheit brachte mich auf Dauer nicht weiter, also entschied ich, etwas zu unternehmen.

Es war Rosenmontag und in der Kneipe bei Anna Witte war abends Tanz.

Ellis Mutter war sehr wohlhabend.

Es war eine andere Zeit als heute. Mal eben eine SMS oder Email schicken, ging noch nicht.

Ich habe meinen ganzen Mut zusammengenommen und bin am Tag vor Rosenmontag zur Familie Lübbecke hingegangen und habe die Mutter gebeten, ihre Tochter zum Tanz ausführen zu dürfen.

Frau Lübbecke gab ihr Einverständnis und ich ging voller Vorfreude nach Hause und war gespannt, was mich am nächsten Tag erwarten würde.

Es war 18 Uhr und ich holte sie ab. Sie roch nach einem seltenen Blumenduft und war wunderschön. Wir lernten uns an diesem Abend besser kennen, amüsierten uns bei schöner Musik und als ich sie nach Hause brachte, gab ich ihr einen ersten Kuss und umarmte sie.

Diese Umarmung bedeutete für mich, dass ich sie niemals mehr loslassen werde.

Ich hatte sie gefunden.

Es war ab sofort meine Elli.

Wir genossen jeden Tag und freuten uns über Kleinigkeiten, die wir gemeinsam erlebten und wir liebten uns. Immer und immer wieder und das Gefühl wurde nie weniger. Im Gegenteil, je mehr Zeit wir miteinander verbrachten, umso mehr wurde mir klar, dass sie die Frau meines Lebens ist. Ich lernte allmählich ihre Familie kennen und sie die meinige.

Auch in der Familie von Elli gab es traurige Vorkommnisse: Ein Verwandter von ihr war Polizeibeamter in Willershausen, er hieß Walter Gehrke und hatte Ausländer schlecht behandelt, die sich dann gerächt und ihn eines Tages aufgehängt haben.

Dann ging es los, ich musste arbeiten und habe mich um Arbeit bemüht.

Es war mittlerweile der Sommer 1947.

Mein Bruder Rudi war schon beim Bauern in Dögerode, um dort zu arbeiten.

Die Situation mit den Nahrungsmitteln hatte sich noch nicht sonderlich gebessert. Wir mussten Rübensuppe essen, es gab Kürbisstücke und Rübensaft. Jeden Tag und immer wieder.

An einem Tag, als Elli das erste Mal bei uns zum Essen eingeladen war, hatten wir ein Kaninchen geschlachtet, meine Mutter hatte es vorbereitet und serviert.

Es war wie ein Fest nach langer Trauer. Wir haben genossen, dass es jetzt mal etwas anderes zu essen gab.

Jeder aß ein kleines Stück und keiner ließ etwas über. Auch wenn es nicht viel war, war es ein Festmahl, auf das wir uns alle freuten und welches wir besonders wertschätzten.

Glück und Leid können so nah beieinander sein, wo immer du auch bist."

Stefan überlegt:

„Da war es: das Wort „wertschätzten". Vielleicht war es das, was die Kriegssituation an „Gutes" hervorbringen konnte. Scheinbar stimmt der Spruch also doch. Das ganze beschriebene Übel und die Grausamkeit des 2. Weltkrieges haben insofern was Gutes, dass man im Anschluss vielleicht das Leben zu schätzen weiß.

Das Leben bekam also eine ganz andere Bedeutung für die Menschen. Das Brot war knapp. Zudem zeigt die Liebesgeschichte mit Elli, dass das Leben weiter gehen muss und dass es trotz der Umstände seine schönen Seiten hatte."

Manfred fing, während er die Liebesgeschichte erzählte, stets an zu weinen, seine Augen waren besonders stark geöffnet und leuchteten auffällig.

Sein Gesichtsausdruck änderte sich in den Momenten von Traurigkeit, in denen er die Lebensumstände dieser Zeit beschrieb, zu den Momenten, in denen er vom Kennenlernen mit Elli berichtete, zu absoluter Freude.

Wie Regen und Sonnenschein, Tod und Leben, Krieg und Frieden.

„Seine Elli war es also. Sie war die Frau seines Lebens", murmelt Stefan nachdenklich.

Da es Manfred sehr mitnimmt, entschließt sich Stefan am nächsten Tag wieder zu kommen.

Stefan ist sehr berührt von der Liebesgeschichte, obwohl er Elli nicht kennt.

Mit welch einer Faszination Manfred von seiner Frau spricht und sein Funkeln in den Augen macht ihn nachdenklich: „Marion hätte von mir bestimmt auch so gesprochen."

An Liebe auf den ersten Blick glaubt er nicht. Doch in diesem Fall war es ganz offensichtlich so.

Stefan erinnert sich an ein Zitat von Théophile Gautier: „Lieben heißt: Mit dem Herzen bewundern."

Dieses Zitat passte scheinbar. Er bewunderte sie aus vollem Herzen und durch diese Bewunderung stand für ihn schon zu diesem Zeitpunkt fest, dass sie die Frau ist, die seinen Lebensweg begleiten sollte. Den Bezug zu der heutigen Gesellschaft kann Stefan nur schwerlich herstellen. „Onenightstands, Kommunikation über elektronische Geräte, Unwissenheit über eigene Gefühle und vielleicht warten auf einen besseren Partner, lassen sich auf Elli und Manfred auf jeden Fall nicht beziehen. Sie liebten sich wirklich, ohne wenn und aber", stellt Stefan fasziniert fest.

Er denkt an Marion und ein weiteres Mal wird ihm klar, dass er sie nicht hätte verlassen dürfen.

Es war seine Schuld.

Marion lebt jetzt in Großenbrode, nicht weit weg von seiner alten Arbeitsstelle. Wahrscheinlich dachte sie an ihn, jeden Tag, doch war ihr mittlerweile klar, dass die alte Beziehung zu Stefan keinen Sinn mehr machte. Sie verstand, wie er sie behandelte und doch liebte sie ihn.

Häufig hatte sie sich noch bei ihm gemeldet, auch als sein Feuer schon erloschen war. Einfach nur, um seine Stimme zu hören. Auch jetzt noch verging kein Tag, an dem sie nicht an ihn denkt. Kein einziger Tag. Doch sie begreift mittlerweile, dass es keine weitere Chance hätte geben können.

An Tagen, an denen die Sehnsucht sehr groß ist, geht sie mit ein paar Freundinnen in eine Kneipe, etwas trinken. Manchmal ist es auch etwas zu viel, aber sie braucht das.

Männer findet sie genug, einige hätte sie haben können und sie lässt, auf Ratschlag ihrer Freundinnen, auch nicht viel „anbrennen". Doch insgeheim kann sie Stefan nicht vergessen. Ihn, der sie abservierte.

War es derselbe Traum, den sie hatten oder einfach nur der Duft ihrer Haut, der ihm sehr vertraut war?

Es ist egal, denn sie muss ihn vergessen.

Sie ist intelligent und versteht sich, in punkto Gefühlen zu Stefan, selbst nicht, da sie sonst eine mit beiden Beinen mitten im Leben stehende junge Frau ist, die ihre Meinung konsequent durchsetzt.

Wieso bloß in dieser Sache nicht? Sie hatten es versucht und auch ein weiteres Mal würde es nicht funktionieren.

„Er muss an sich arbeiten, sonst wird er nie glücklich. Ich kenne ihn nicht", beruhigt sich Marion häufig mit dem inneren Wunsch, dass das erste Bild, das sie von Stefan hatte, doch das richtige ist.

Und auch als sie sich zufällig einmal am Bahnhof in Hamburg trafen, war etwas zwischen ihnen in der Luft, das alles bisher Erlebte vergessen ließ.

Außer ein „Hallo, wie geht´s?" wurden keine Worte gewechselt und jeder ging seiner Wege.

Am nächsten Tag betritt Stefan gegen 16 Uhr das Zimmer von Manfred und er sitzt auf seinem Sessel, als ob er schon auf ihn wartete.

Er ist in einer sehr guten Verfassung, denn er ist froh und glücklich, dass er sein Leben Revue passieren lassen kann und dass sich jemand für sein Leben interessiert. Er nimmt sein Portemonnaie heraus und zeigt ihm ein Bild aus seiner Jugendzeit.

Ein schwarz-weißes Bild, auf dem Elli und Manfred glücklich auf einer Wiese liegen und den Himmel betrachten. Im Anschluss fährt er fort:

„Und da im Hintergrund war der Schacht.

In Oldenrode gab es eine Schmiede, wir nannten sie die Schmiede Zwickert. Auf dem Grundstück war ein Schacht (Braunkohlebergwerk), sie suchten Arbeiter. Ich hatte vom Bergbau keine Ahnung.

Zum Bäcker wollte ich nicht mehr gehen, da hatte ich noch zu viele Erinnerungen an den Krieg. Zudem benötigte der Bäcker in unserer Heimat keine Gesellen. Also beschloss ich, mich bei dem Schacht vorzustellen. Es dauerte keine Woche und ich konnte dort anfangen.

Es war ungewohnt im Dunkeln zu arbeiten, jeden Tag.

Man erhielt so genannte Bergmannspunkte dafür, dass man dort gearbeitet hat, man bekam Schnaps und Kaffee und ich konnte diese Sachen im Dorf für andere Dinge eintauschen, die meine Mutter zum Backen oder ähnliche Zwecke benötigte.

Ich habe jeden Tag dort gearbeitet, der einzige Feiertag war der 1. Mai, sogar Weihnachten wurde gearbeitet.

Am Anfang bekam ich 60 Pfennig pro Stunde, am Ende 1,20 Mark.

Wir mussten bei Stromsperre Gegenmaßnahmen ergreifen, dies wurde ehrenamtlich getan. Wir hatten häufig Unwetter und dann haben wir in unserer Freizeit gemeinsam versucht, das Wasser aus dem Schacht zu schaffen.

Erinnern kann ich mich noch an einen jungen Mann, der Heini Meier hieß und aus Oldershausen kam. Er ist dann immer die Leiter hoch und wieder herunter, bis wir am nächsten Tag wieder unter normalen Umständen weiter arbeiten konnten. Als der Schacht dann an einem stürmischen Herbsttag völlig abgesoffen ist, wurde der Schacht aufgegeben und ich bin nach Dögerode zu einem Eisenerzschacht gegangen. Dort habe ich zehn Jahre unter Tage gearbeitet.

Für Elli war es auch keine schöne Zeit, da ich bei Wind und Wetter los musste. Sie schmierte mir das Brot und wir sahen uns nicht sehr häufig, da auch sie weiterhin arbeiten ging. Dennoch war die Liebe immer da, auch wenn das Verliebtsein mit der Zeit nachlässt, sind andere Werte von immenser Bedeutung und diese Werte sah ich immer und jeder Zeit an Elli. Die Freude und das Bewusstsein für einander da zu sein, entwickelten sich zu Liebe.

Eine Liebe, die ich an jedem unserer Tage zu genießen wusste. Es geht nicht immer um Sex, das Vertrauen und die Geborgenheit spielen im Alter eine wesentlichere Rolle.

So gaben wir uns Pfingsten, es war der 25. Mai 1951 das Ja-Wort und heirateten in Düderode.

Elli war die schönste und hübscheste Braut, die man sich vorstellen konnte.

Stefan, wahrscheinlich wirst du das von deiner zukünftigen Frau auch sagen, aber sie war es für mich und nur das zählt.

Es war eine große Feier, alle Freunde und Verwandte waren da und es war ein vollkommenes Gefühl, dass ich auch meine Mutter zufrieden und glücklich sehen konnte. Eine Hochzeit, bei der sich zwei Familien, die ziemlich groß sind, auf diese Weise vereinen, ist immer etwas Schönes. Ganz besonders beeindruckend ist es, wenn noch verschiedene Generationen des Hochzeitspaares daran teilhaben können.

Den Moment, indem ich Elli in ihrem Brautkleid sah, kann ich gar nicht in eigene Worte fassen. Falls es eine allgemeine Definition von Romantik gibt, dann schafft es diese nicht allein, meine Gefühle für diesen Moment und diesen Tag zu beschreiben.

Auch wenn wir beide erst Mitte 20 waren, war uns bewusst, dass wir zusammengehörten.

Zweifel kommen immer mal auf, aber wenn man fühlen kann, was der andere fühlt und will, wenn man sich dem anderen hingeben und so sein kann, wie man ist, dann musste es Liebe sein."

Stefan ertappt sich ein wenig eifersüchtig zu sein. Manfred berichtet von Erlebnissen, von denen sich Stefan wünscht, sie auch erfahren zu dürfen.

Er erinnert sich an das letzte Augustwochenende des letzten Jahres. Marion war gerade in eine andere Wohnung in Heiligenhafen eingezogen und lud ihn zu sich ein.

Es war ein warmer Sommertag und sie trafen sich zunächst in der Stadt, tranken genussvoll einige Gläser Weißwein, es war französischer Chardonnay, bevor sie sich dann in Richtung ihrer neuen Wohnung aufmachten.

Er nahm ihre Hand und sie spazierten gemeinsam, wenngleich ein wenig angetrunken, durch die Gassen der Stadt. Entlang des Binnensees nahmen sie das Rauschen des Meeres und das Kreischen der Möwen wahr.

In einer Kneipe namens Peerstall, nur wenige Meter von seiner Wohnung entfernt, nahmen sie ein letztes Getränk zu sich, genossen die Unterhaltung der Touristen, die sich trotz der schon fortgeschrittenen Zeit in der Umgebung des Ferienzentrums aufhielten und gingen dann zu ihr.

Dort angekommen, setzten sie sich noch für eine halbe Stunde auf ihren großen Balkon, wo sie über das Leben philosophierten. Dann fing es an zu regnen und sie entschlossen sich, raus zu gehen, um den Regen bei dieser warmen Sommerluft auf ihren Körpern zu spüren. Anschließend, als beide anfingen, etwas zu frieren, gingen sie, bis auf die Unterwäsche durchnässt, in ihre Wohnung.

Es lag Liebe in der verregneten Sommernacht.

Doch am nächsten Tag hatte er es sich anders überlegt.
Er sagte ihr, dass er sie nicht lieben würde und dass es gestern eine Ausnahme war, die nicht noch einmal passieren dürfte.

Heute wünscht er sich manchmal, er hätte das nie gesagt.

Als Manfred das Wort „Zweifel" benutzte, musste Stefan an das Buch "Liebeskummer-eine Chance" von Gerti Senger denken, das er im Rahmen eines Seminars während seines Studiums lesen musste.

G. Senger schreibt, dass es nahezu niemanden gibt, der vor Liebeskummer bewahrt wird. Jeder durchläuft dann die Prozesse des Liebeskummers auf ähnliche Weise. Gemeinsamkeiten lassen sich bei Trauerbewältigung eines verstorbenen Menschen erkennen. Die von Senger beschriebenen Stufen und Prozesse beeinflussen das Seelenleben und beeinträchtigen durchaus den Alltag, zugleich entwickelt man sich aber weiter und entdeckt neue Eigenschaften an sich selbst.

Stefan dachte an die Weisheiten wie „Loslassen, was man nicht halten kann" und „Glücklich ist, wer vergisst, was doch nicht zu ändern ist", die als Orientierungshilfen gelten und die sich jeder dann in Erinnerungen rufen sollte.

Er überlegt: „Manfred und Elli scheinen, nach den genannten Erlebnissen, davon verschont geblieben zu sein. Die bis hier von ihm genannten Erlebnisse und Emotionen weisen keinerlei Liebesschmerz auf, ganz im Gegenteil: Das Wort Liebeskummer fiel nicht ein einziges Mal. Sollten die beiden also davon verschont geblieben sein?"

Obwohl Manfred erkennt, dass Stefan nachdenkt, fährt er fort: „Als Elli mir am 30. Januar 1955 erzählte, dass sie ein Kind erwartet, bahnte sich ein Leben an, von dem andere nur träumten.

Mit der Geburt unserer Tochter Renate, die am 08. September 1955 das Licht der Welt erblickte, schien das Leben perfekt. Wie liebevoll Elli mit ihr umging und auch wie wir sie im Kinderwagen allen stolz zeigen konnten, es war faszinierend und die schönste Zeit meines Lebens.

Wir fuhren häufig nach Wiershausen, denn meine Mutter war mittlerweile zu meinem Bruder gezogen, und wir zeigten meiner Mutter stolz unsere Tochter und gemeinsam genossen wir das Leben. Renate spielte mit unserer Nichte Doris im Garten und wir sahen stundenlang dabei zu.

Jede Minute, Renate aufwachsen zu sehen, war wie ein Halt auf meiner Seele." Er weint.

„Diese Zeit, von der er spricht, scheint die glücklichste Zeit seines Lebens gewesen zu sein.

Glück, nach dem die Menschen streben und das das Leben doch so lebenswert macht. Die Liebesgeschichte zwischen Manfred und Elli war also gekrönt durch die Geburt einer Tochter.

Eine Liebesgeschichte wie sie vollkommener nicht sein kann.

„Wenn aus Liebe Leben wird, bekommt das Glück einen Namen" und dieses Glück sollte bei den beiden Renate heißen. Mit welcher Freude er von dieser Zeit erzählte, ist kaum zu übertreffen", denkt Stefan und wünscht sich, dass eine solche Zeit ihn auch mal treffen wird und dann die Uhr stehenbleibt und sich nichts ändern darf. So wünscht auch er sich das Leben. „Man kann viele glückliche Situationen im Leben in Worte fassen, da es für den Glücksbegriff unterschiedliche Ausdrucksmöglichkeiten gibt. Allerdings ist die Faszination und Beschreibung der Freude und des Glücks bei der Geburt eines eigenen Kindes, schwerlich in Sprache ausdrückbar, da es das wertvollste und wunderschönste Geschenk und Resultat aus zwei sich liebenden Menschen ist", stellt er fest in Gedanken an Marion, die auch diese Meinung teilt.

Und genau diese unbeschreiblichen Gefühle spürt Stefan an Manfred und sieht es in seinem Gesicht, an seiner ganzen Mimik und Gestik, als er von der damaligen Situation sprach; Begeisterung in einem nur schwer vorstellbaren Maße.

Da Stefan weiß, dass Manfred häufig und auch gern in Erinnerungen schwelgt, denkt er, dass es jetzt der Zeitpunkt ist, zu gehen. Denn auf diese Weise kann er in den nächsten Stunden noch einmal diese Erinnerungen genießen und sein damaliges Glück ein weiteres Mal durchleben.

Stefan muss jetzt noch in die Nachtschicht und will sich nicht noch einmal für längere Zeit bei Manfred aufhalten, da die Kollegen bereits anfangen, negativ über ihn zu reden.

Deshalb entschließen Manfred und Stefan, sich am nächsten Nachmittag in einem Eiscafé zu treffen. Stefan hat frei, denn er hatte nun die Nachtschichten hinter sich. Da er weiß, dass Manfred um 15 Uhr seinen Kaffee trinkt, verabreden sie sich zu dieser Zeit.

Stefan ahnt, dass die Nacht und der nächste Morgen sehr schön für Manfred sein werden.

Während der Nachtschicht gehen Stefan viele Gedanken durch den Kopf, er erinnert sich an den Tod seiner Großeltern und vor allem an das letzte Treffen mit seiner Oma. Für ihn dauerte es einige Zeit, bis er die Trauerphase überwunden hatte, doch kam sie in den letzten Wochen wegen des Umzugs in die Wohnung, die ihre Großeltern ihm hinterließen, zurück.

Nach dem Tod seines Großvaters im letzten Jahr wollte er schnell seinen Umzug in diese Wohnung hinter sich bringen. Sie bestellten (um das ganze „alte Gelumpe", wie es sein Vater bezeichnete, schnell loszuwerden) einen großen Container, nahmen sich zuvor das, entsprechend ihrer Vorstellungen, Wertvolle und alles, was sie noch als brauchbar einstuften, heraus und warfen das Übrige, bis auf drei verstaubte Kartons alter Bücher, in den Container, was schließlich entsorgt wurde.

Manfred muss am nächsten Tag zuvor noch Besorgungen in der Stadt machen, so dass er sich bereits um 12 Uhr auf den Weg macht. Er hält bei der Post an und erkundigt sich nach Telefonbüchern aus den letzten Jahren. Nachdem die Angestellte sie gefunden hat, händigt sie ihm diese aus und er bedankt sich höflich.

Dann geht er, mit der Hoffnung eine Antwort auf sein Hauptanliegen, zu erhalten, zum Bürgerbüro und anschließend isst er bei einem Italiener eine Pizza.

Mit seinem Rollator macht er sich dann direkt zum Eiscafé auf und wartet dort bereits ab 14 Uhr auf Stefan.

Er erscheint pünktlich und noch bevor er sich eine Eisschokolade bestellen kann, beginnt Manfred freudestrahlend zu berichten:

„Renate hatte es gut bei uns, wir verwöhnten sie, wo wir nur konnten.

Rückblickend verging die Zeit sehr schnell.

Ende der 50er Jahre sind wir dann nach Hannover gezogen, wo wir zunächst in einem Gartenhaus wohnten. Es war in einem Schrebergarten und wir hatten dort alles, was wir brauchten.

Ich fand in Hannover eine Arbeit als Maler in einer Schmiergelfabrik. Die Stadt brauchte allerdings irgendwann das Grundstück, auf dem unsere Gartenlaube stand und uns wurde eine Wohnung in Vahrenheide angeboten.

Wir zogen dann dorthin und suchten uns eine neue Gartenlaube, es war der Ort, wo wir uns in unsere eigene Welt zurückziehen konnten.

Elli fand Arbeit in der Keksfabrik Bahlsen und ihre Mutter passte in der Zeit, in der Elli arbeitete, auf Renate auf. Neben unserer Wohnung wurde eine weitere frei, in diese zog meine Schwiegermutter ein und lebte dort bis zu ihrem Tod. Sie starb 1988.

Renate ging in Hannover zur Schule und machte anschließend eine Ausbildung als Industriekauffrau im Kaliwerk.

Zu ihrer Konfirmation im März 1969 kam die ganze Familie nach Hannover, es war schon sehr warm und wir haben den Tag sehr genossen.

Sie lernte verschiedene Freunde kennen. Eine längere Zeit war sie mit Francis zusammen, er war Italiener. Es schien die große Liebe zu sein und sie zogen dann gemeinsam nach Bingen. Für mich und Elli war es zunächst etwas schwer, da wir sie ab sofort nicht mehr vor Ort hatten.

Doch Renate war so glücklich mit ihm und das war es, was wir wollten. Wir besuchten sie dort öfter. Dann rief Renate eines Tages bei uns an, ihre Stimme klang enttäuscht und traurig. Diese Stimmungslage hörten wir ab diesem Tag häufiger, als wir mit ihr telefonierten.

Sie erzählte uns dann einige Tage später, dass die Liebe aus war.

Er hatte sie betrogen und zutiefst verletzt. Renate ging es sehr schlecht damals und Elli und ich entschlossen uns, sie zurück nach Hannover zu holen.

Ihr Gesundheitszustand wurde zunehmend schlechter und wir befahlen ihr, den Arzt aufzusuchen. Dieser stellte dann eine Zirrhose fest. Ihr Blut hatte zunehmend keine Gerinnungsstoffe mehr.

Sie starb am 08.09.1984.
Es war genau an ihrem 29. Geburtstag.

Auch wenn die tatsächliche Todesursache eine andere war, so meine ich, dass man sagen kann, dass sie an ihrem gebrochenen Herzen gestorben ist.

Die Nachricht ihres Todes versetzte uns in einen absoluten Schockzustand, bei dem man nichts mehr realisiert und die Außenwelt nicht wahrnehmen kann.

Selbst zu sterben fällt leichter, als das eigene Kind sterben zu sehen."

Es läuft Stefan ein Schauer über den Rücken, Er ist absolut sprachlos. So schlimm und heftig diese Aussage war, kann er sie absolut nachvollziehen.

Er denkt an den Spruch: „Die Zeit heilt alle Wunden." Ihm ist klar, dass man diesen nicht als uneingeschränkt richtig betrachten kann. „Natürlich hängt er davon ab, was man erlebt hat. Doch Manfred weint so bitterlich und das auch noch nach mehr als 30 Jahren.

Es kommt Manfred vor, als wäre es gestern gewesen, so nimmt ihn alles noch mit. Vielleicht vergehen die Schmerzen ein wenig, aber die Narben bleiben. Und die Narbe von Manfred ist noch so groß (und das nach etlichen Jahren), dass sie vielleicht nie richtig heilen sollte.

Natürlich war der Schmerz vorhanden, er hat seine einzige Tochter verloren und musste sie zu Grabe tragen. Das muss unheimlich gewesen sein. Das Produkt ihrer Liebe wurde ihnen genommen.

Gibt es etwas Schlimmeres? Wie soll ein Mensch das ertragen?", fragt sich Stefan traurig. „Das tut mir sehr leid. Ich weiß, ehrlich gesagt nicht, wie man so etwas verarbeiten kann. Wie konntet ihr über diesen Schicksalsschlag hinwegkommen?"

Sein Gesichtsausdruck signalisiert eine Leere, als will er sagen, dass er es auch nicht weiß. Er hält sein Taschentuch vor sein Gesicht, um zu verhindern, dass Stefan seinen Gefühlsausbruch wahrnimmt, doch es war nicht zu übersehen.

Plötzlich setzt er sich aufrecht hin und registriert, dass es einige Personen in dem Eiscafé gibt, die davon etwas mitbekommen haben. Um die Contenance zu bewahren, versucht er, seine Gefühle zu unterdrücken.

Stefan sieht ihm an, dass er am liebsten diese Phase in seinem Leben ausblenden würde.

Manfred stottert, ist unruhig und voller Tränen in seinen Augen besinnt er sich plötzlich, als würde ihm gerade klar, dass er diese Erfahrung aus irgendeinem unbekannten Grund machen musste und es nicht leugnen kann.

In einem weitaus ruhigeren Ton fährt er fort:

„Die ersten Jahre danach ging es uns bitterlich schlecht.

Ich konnte nicht zur Arbeit gehen.

Uns war der Boden unter den Füßen genommen wurden.

Elli weinte jeden Tag, zu jeder Tageszeit und ich kann die Stunden nicht zählen, in denen ich sie in den Arm nahm und wir darüber philosophierten, was uns helfen könnte.

Sie sagte immer, dass wir Renate nicht vergessen dürften und dass wir jetzt stark sein müssten. Ich habe immer zugestimmt und innerlich hat diese ganze Zeit meine Seele ruiniert. Wir haben ihr alles gegeben und sie wird uns einfach genommen.

Im Nachhinein glaube ich, dass dieses Erlebnis ausschlaggebend war, weshalb wir nicht mehr an Gott glauben konnten. Ich habe so oft in der Bauernfamilie gebetet, dass Gott unsere Familie beschützt.

Wieso hat er es nicht gemacht?", murmelt er leise und verweint.

Die Frage nach Gott und der Religiosität erwähnte er von allein, Stefan hätte sonst zu einem späteren Zeitpunkt wahrscheinlich noch einmal nachgefragt. Ihn interessierte es, weil er sich zu dem Thema „Die Bedeutung der Religion in der Gesellschaft" zu Beginn seines Studiums eine Vorlesung angehört hatte.

„Manfred wuchs in einer religiösen, wenngleich nicht allzu religiösen, Familie auf. Als Kind und Jugendlicher hinterfragt man Rituale (wie vor dem Essen beten) nicht nach dem Sinn. Man nimmt daran teil, weil es die Norm der Familie ist. Durch seine Gebete zu Gott (z.B. während des Krieges) wurde seine theistische Vorstellung deutlich.

Siegmund Freud sieht in der religiösen Vorsehung den Wunsch vor Bewahrung der Gefahren des Lebens und er führt die Religion daher auf psychologische Ursachen zurück. Andere Philosophen gehen soweit, dass sie sagen, es sei verschenkte Zeit sich mit der Gottesfrage zu beschäftigen, da man so das irdische Leben nicht genießen könne.

In Bezug auf die Religiosität von Manfred hat sich ganz deutlich ein Wandel vollzogen. Er betete zu Gott, um vor Gefahren bewahrt zu werden. Diese sind allerdings trotzdem eingetreten, so dass es für ihn wahrscheinlich der Anlass war, sich mit der Gottesfrage erneut auseinanderzusetzen.

Beeinflusst durch die grausamen Erlebnisse im Krieg, bekam er innerlich bereits Zweifel über die Existenz Gottes. Mit dem Tod der Tochter ist dann auch der Glaube an Gott für ihn gestorben, da er für sich keinen Halt mehr in Gott finden konnte", registriert Stefan nachdenklich.

Verzweifelt, wenngleich bewusst, dass sie keinen übersinnlichen Grund für den Tod ihrer Tochter finden würden, fügt Manfred hinzu:

„Unsere Freunde halfen uns, wo sie nur konnten und auch die Familie war für uns da. Dieses war zwar ein Trost, aber vergessen und verarbeiten konnten wir die Geschehnisse nicht.

Es vergingen Tage und Wochen, an denen wir niemanden sehen und hören wollten. Auch fehlte die Freude, die Lebensfreude, in der ganzen Wohnung.

Am Wochenende sind wir nicht mehr herausgegangen, weil in der Nachbarschaft die Kinder spielten.

Als Elli nach einigen Monaten vom Einkaufen wiederkam, musste sie noch einmal heftig weinen und sie sagte, sie wäre am Reisebüro vorbeigekommen. Ich wusste gleich, was sie meinte, denn Weihnachten stand bevor.

Der Gedanke, an diesem Fest mit den Erinnerungen an Renate allein Zuhause zu sein, erweckte auch in mir Angstgefühle. Diese sollten und konnten uns nicht unser restliches Leben derart begleiten und führen."

Trotz seines Versuches, seine Gefühle zu verbergen, laufen ihm, während er erzählt, Tränen über die Wangen. „Entschuldige meine Tränen!", sagt er leise.

Dieser Moment bestätigt Stefan, dass Manfred wahrscheinlich noch ein anderes Rollenverständnis von Mann und Frau hat, was auch bei seiner Beschreibung der Kriegssituationen deutlich wurde, da er mehrfach hinzufügte, dass sich niemand traute über Gefühle zu sprechen.

Für Stefan sind die Tränen ganz natürlich und kein Ausdruck von mangelnder Männlichkeit: „In Hinblick auf den erlebten Krieg und auf das Bild, welches den Deutschen im Zweiten Weltkrieg eingebläut wurde, jenes von einem muskulösen, kampfbereiten, jungen Mann, der alles für sein Vaterland tut, passen keine Emotionen, geschweige denn Tränen, die Sensibilität zum Ausdruck bringen. Vielleicht ist dies die Ursache dafür, dass es für viele Männer aus dieser Generation nicht nachvollziehbar ist, dass Tränen Ausdruck von Stärke und eine Hilfe bei seelischer Verarbeitung hilfloser Situationen sind. Opa war diesbezüglich nicht anders", denkt er und antwortet ihm: „Dafür braucht man sich nicht entschuldigen! Wie konntet ihr die Geschehnisse verarbeiten?"

Manfred überlegt einen Moment und geht dann auf die Frage ein:

„Wir beschlossen nach Mallorca zu fliegen und zwar für vier Wochen. Wir setzten dies tatsächlich um und buchten direkt den nachfolgenden Mittwoch.

Wir fanden ein Hotel am Strand mit Halbpension. Schon das Gefühl während des Kofferpackens erinnerte uns an etwaige Urlaube, die wir früher mit Renate erlebt hatten.

Die Gefühle des Verlusts und die Tatsache, an einem anderen Ort zu sein, verdrängten die Gedanken an Weihnachten. Das tat gut.

Es war warm, zumindest wärmer als in Deutschland und das liebevoll eingerichtete Doppelzimmer brachte uns weg von allen Gedanken an das heimische Sofa, auf dem wir lange Zeit gesessen und getrauert hatten.

Die vier Wochen vergingen und auch jetzt konnten wir die Gedanken an Renate bei den kleinsten Alltagssituationen nicht ausschalten, aber es half, damit umzugehen. Wir sprachen ab sofort nicht mehr von der traurigen Zukunft, sondern begannen positive Erinnerungen aus dem zu ziehen, was wir gemeinsam erlebten.

Als wir nach Hause kamen und mir auffiel, dass wir den Regenschirm auf Mallorca vergessen hatten, lachte Elli das erste Mal seit langer Zeit wieder und merkte an, dass er sowieso nicht mehr gut war.

Für mich war es der Zeitpunkt, an dem ich festgestellt habe, dass das Leben weitergehen musste.

Trotzdem flossen abends noch etliche Tränen, ob am Telefon mit Verwandten oder bei Familientragödien im Fernsehen bei der Schwarzwaldklinik.

Es wurde weniger, endete aber nie.

Wir lernten damit umzugehen und wir wuchsen noch enger zusammen. Dieses wurde mir besonders eines Nachts bewusst, als Elli meinen Kopf streichelte. Sie dachte, dass ich bereits schlafen würde und ich ließ sie in diesem Glauben. Sie flüsterte mir zu, dass sie mich von ganzem Herzen liebt und wir den Verlust von Renate gemeinsam durchstehen würden.

Ganz sanft und leise zählte sie mir in dieser Nacht einige Situationen aus dem Leben unserer Renate auf und lachte leise darüber. Ich konnte und wollte meine Gefühlslage über den Verlust von Renate nie zeigen, weil ich dachte, ich müsse stark sein, Elli Halt geben und ihr nicht auch noch zeigen, dass ich selber derart zu kämpfen hatte. Doch in diesem Moment musste ich mich auf die andere Seite legen, mir liefen die Tränen und als Elli mich am nächsten Morgen fragte, weshalb ich das Kopfkissen neu beziehen musste, sagte ich, es wäre mir Wasser aus der Flasche auf das Kopfkissen getropft, als ich in der Nacht etwas trinken wollte. Ich glaube, dass sie wusste, dass es nicht daher kam, aber sie sagte nichts.

So sind wir also, sobald wir beide frei hatten, weggeflogen, immer und immer wieder. Sowieso über Weihnachten und als Rentner fast immer bis zu vier Wochen am Stück.

Es war ja zumindest so, dass man schon überall in kurzer Zeit hinreisen konnte, wo immer man wollte.

Wir hätten es sonst vielleicht nicht überstanden."

In diesem Zusammenhang erinnert sich Stefan an die Freiheit, die zu Beginn von Manfreds Leben eingeschränkt war. „Er durfte und konnte während des Krieges nirgendwo hinreisen und an dieser Stelle erwähnt er, dass er sie hatte: Die Freiheit zu reisen und auch, wenn der Umstand furchtbar war, konnte er in einem gewissen Maße davon profitieren.

Zumindest hat diese Freiheit geholfen über den Schmerz hinwegzukommen."

Stefan wird bewusst, dass auch dieser Aspekt für die heutige Generation kaum nachzuempfinden ist, da es mittlerweile für den Großteil der Bevölkerung als Selbstverständlichkeit angesehen werden kann, in den Urlaub zu fliegen, ob Mallorca oder Kanaren. „Viele nutzen ein Jahr nach dem Abitur, um ins Ausland zu gehen. Manfred weiß es zu schätzen und sieht es als etwas Besonderes an, weil er Zeiten kennt, in denen er diese Freiheit nicht hatte. Wenngleich es auf unterschiedlichen Voraussetzungen basiert, ist es doch erstaunlich, dass es so differenzierte Ansichten und Erlebnisse in Bezug auf den Freiheitsaspekt von Menschen aus einer Gesellschaft gibt", denkt Stefan.

Manfred ist so vertieft in diese Erinnerungen, dass er sofort weiter berichtet: „Auch wenn ich immer versucht hatte, stark zu sein, gab es auch Jahre später noch Abende, an denen einer von uns beiden plötzlich und unerwartet, einfach anfing zu trauern.

Wir schwiegen dann, je mehr Zeit verging. Es war ein Schweigen verbunden mit Trauer und einem Geborgenheitsgefühl, denn es war jemand da, der sich in den anderen hineinversetzen konnte und dem es genauso ging. Jemand, der die Situation auf gleiche Weise, mit gleichen Gefühlen erlebt. Insofern war dieses Schweigen nicht mehr unangenehm.

Als wir vor Jahren einen Film im TV sahen, bei dem es darum ging, dass ein Ehepaar sein Kind bei einem Autounfall verloren hatte, hielt ich für einen Moment die Luft an und habe wohl einen auf Trauer hinweisenden Seufzer von mir gegeben, denn Elli setzte sich neben mich aufs Sofa, faltete meine Hände ineinander, legte ihre darüber und flüsterte leise: „Ist schon gut!"

Stefan denkt mitfühlend nach:

„Obwohl die Bedeutung etwas schwer fällt, lässt sich hier eventuell erkennen, dass es etwas Gutes hatte und zwar, dass der Tod der eigenen Tochter Elli und Manfred noch mehr zusammengefügt hat.

Sie haben auch diese Situation gemeinsam durchgestanden und sind ihren Lebensweg zusammen weiter gegangen."

Ihm fiel an dieser Stelle allerdings ein Spruch von Berthold Auerbach ein: „Für einen Vater, dessen Kind stirbt, stirbt die Zukunft. Für ein Kind, dessen Eltern sterben, stirbt die Vergangenheit."

Verwundert stellt sich Stefan die Frage: „War es tatsächlich so? Dann hätten Elli und Manfred allerdings noch die Vergangenheit, die für beide aufgrund dieser Erfahrung einen noch größeren Stellenwert einnehmen wird. Wo wäre unter dieser Perspektive dann noch das „Gute"?

Wenn man aus diesem Schicksal etwas lernen kann, dann ist es doch, dass das Bild und die Vorstellung von Liebe konkret werden. Anhand der Elemente wie Geborgenheit, Vertrautheit und Ehrlichkeit wird deutlich, dass es innige Liebe gewesen ist. Das Eheversprechen, gemeinsam durch gute und schlechte Zeiten zu gehen, bedeutete tatsächlich noch etwas. Es gehörte sicherlich viel Kraft und der Wille, sich ständig weiterzuentwickeln, dazu.

Es ist schade, wenn sich Paare, trotz der Liebe, trennen, doch die Umstände lassen es manchmal einfach nicht zu. Wichtig ist, dass man den anderen verstehen kann und ihn kennt. Jegliche positiven Eigenschaften, wie man sich Liebe vorstellt, kann man an der Liebe von Manfred und Elli entdecken.

Nicht zu wissen, wen oder was man will oder die Unsicherheit bei der Suche nach dem Glück oder einer anderen Liebe, gab es für die beiden nicht: Sie wollten sich und fanden somit ihr Glück, woran sie auch nach und während des Schicksalsschlags festhalten konnten."

Kurz nachdem Stefan diese Gedanken durch den Kopf gingen, stört es ihn, dass die Umstände die Liebe manchmal nicht zulassen, denn seine Überzeugung war immer, dass die Liebe stärker ist als jede Hürde.

Und wieder hat er das Bild von Marion vor Augen. Sie hat einfach alles, was er im Grunde will: Sie ist ehrlich, attraktiv, interessant; und doch klappte es einfach nicht. Wahrscheinlich liegt es daran, dass Stefan noch die Illusion hat, dass man in einer Beziehung stets im siebten Himmel schwebt.

Marion hingegen weiß, dass unter anderem auch die Zeit eine wesentliche Rolle spielt. Ihr ist bewusst, dass wenn man sich lange gut kennt, die Leidenschaft und Spannung allmählich nachlassen und alles vertraut wird, man selten Überraschungen erlebt, keine neuen Geschichten zu erzählen weiß und man unvermeidlich die Sprache des anderen annimmt. Gegen Ende ihrer Beziehung genügte Marion ein einziger Blick von Stefan und sie wusste, was er ausdrücken wollte. Diese Vertrautheit betrachtete Marion als etwas Wundervolles, als etwas, was eine Beziehung ausmacht, wohingegen es Stefan dauerhaft als langweilig empfand.

Manfred sieht ihm an, dass sein Gehirn arbeitet. Stefan grübelt. Dennoch erzählt Manfred weiter:

„Auch wenn es eine lange Zeit gab, in der wir eigentlich nicht wirklich gelebt haben, sondern nur darauf warteten, dass die Zeit vergeht, wurde es irgendwann anders, wir mussten uns mit dem Schicksal abfinden.

Die Jahre vergingen und wir durften meinen 80. Geburtstag in Winzenburg und auch die Goldene Hochzeit 2001 feiern.

Vor vier Jahren bekam ich die Diagnose Darmkebs.

Ich musste etliche Male operiert werden und mein Gesundheitszustand war zum Teil kritisch. Die Folge der Operationen war, dass ich schließlich einen künstlichen Ausgang bekommen musste.

Das sind für mich heute noch Einschränkungen zum Teil bei einfachen Lebenssituationen im Alltag.

Die Diamantene Hochzeit erlebten wir vor zwei Jahren, allerdings wollten Elli und ich sie alleine verbringen, da es mir zu diesem Zeitpunkt schon nicht mehr so gut ging.

2011 klagte Elli das erste Mal über Rückenschmerzen. Als die Schmerzen stärker wurden, ging sie einige Wochen später zum Arzt. Dieser stellte einen Bandscheibenvorfall fest, der operiert werden musste.

Ich besuchte sie täglich im Krankenhaus und während der Operation wartete ich darauf, dass sie schnell vorbeiging und ich im Anschluss ihre Hand halten konnte, genau wie sie es damals bei mir gemacht hatte.

Und so war es auch:

Die Operation verlief ohne Komplikationen und ich blieb den ganzen Tag im Krankenhaus. Als ich abends ging, sagte ich ihr, dass ich morgen wiederkomme.

Wir spaßten noch, dass in unserem Alter ja bereits bei Routineuntersuchungen etwas passieren könnte. Ich gab ihr einen Kuss und fuhr nach Hause, vorher ließ ich ihr noch 5 Euro da, falls sie sich eine Zeitschrift oder ähnliches kaufen wollte.

Sie hob das rechte Bein an und fügte hinzu, dass sie ihr Bein schon wieder anheben könnte.

Als ich ca. 20 Minuten später Zuhause ankam, läutete das Telefon.

Es war das Krankenhaus und an der Stimme des Arztes hörte ich heraus, dass irgendetwas nicht stimmte.

Er bat mich umgehend zurück ins Krankenhaus zu kommen, da er mit mir reden müsse.

Ab diesem Moment ging alles schnell und in der Hektik, gemischt aus Angst und Panik, kann ich mich nicht mehr erinnern, wie schnell ich überhaupt ins Krankenhaus gekommen bin.

Auf der Station im Krankenhaus angekommen, sprach mir der Arzt sein Mitgefühl aus und teilte mir mit, dass Elli an einer Lungenembolie verstorben sei."

In diesem Moment fängt Manfred sehr stark an zu weinen. Die junge Bedienung des Eiscafé eilt herbei und fragt, ob sie helfen könne. Stefan bedankt sich für ihre Aufmerksamkeit und verneint.

Es ist, als erlebt er diese Situation noch einmal. „Warum?", schluchzt Manfred in sein Taschentuch und holt einen 5 Euro- Schein, der sonst in seiner Nachttischschublade liegt, es ist der letzte Schein von Elli.

„Erinnerungen und Gedanken bleiben. Ich danke Elli für ein gemeinsames Leben und für all die glücklichen Momente-

Ich liebe dich, Elli, wo immer du auch bist",

sagt er andächtig und guckt zum Himmel hinauf.

Es fällt Stefan schwer an dieser Stelle den letzten Bezug herzustellen. Stumm überlegt er: „Wo ist das Gute, was man aus diesen ganzen Umständen und Erfahrungen ableiten kann?

Manfred hat viel durchgemacht, von den Etappen seines Lebens hatte er sehr genau berichtet. Positive Erfahrungen bleiben ihm, die Liebesgeschichte mit Elli, seine Reisen, die Freunde."

In Stefans Kopf spielt sich das Lied von Philip Poisel ab, in dem es heißt: „Da ist niemand mehr, der wartet, der auf mich wartet zu Haus." Eine Passage, die in dem Lied öfter wiederholt wird. Es blieb ihm in Erinnerung, da Manfred ihm sagte, er hätte Elli für immer verloren. Die Bitte und Hoffnung in dem Lied, nach einem letzten Kuss und einem letzten Lieben, wird Manfred für immer verwehrt bleiben.

„Also sollte er nicht von Liebeskummer verschont bleiben, doch auf eine andere Weise: Es gibt Parallelen zwischen dem Trauerprozess bei dem Tod einer nahestehenden Person und dem Prozess des Liebeskummers. Bei Manfred war es mit Sicherheit beides: Er trauert um den geliebten Menschen, den er sein ganzes Leben neben sich hatte, mit dem er durch dick und dünn ging, Freude erlebt und Leid durchgestanden hat.

„Liebeskummer ist keine Frage des Alters", so Senger und es scheint zu stimmen. Die Frage ist, weshalb er dies in seinem Alter durchstehen muss. Die Hoffnung auf einen Neuanfang ist nahezu aussichtslos, zumal er in seinem Leben noch keinen derartigen Liebeskummer verarbeiten musste und so notwendige Strategien und Handlungsmuster, die zur Linderung beitragen könnten, fehlen.

Der Schmerz über den Verlust seiner Frau muss unvorstellbar sein und doch schreibt Senger, dass Trennung und Abschied nicht das Ende von allem sind sondern ein Anfang. Wie passt das mit diesem Fall zusammen?", fragt sich Stefan, ohne Aussicht auf eine Antwort.

Plötzlich klingelt sein Handy. Es ist Lena. Stefan unterdrückt den Anruf, weil er sehr mitgenommen von der Geschichte ist. Als er das Handy wieder in seine Tasche packt, stellt er mit Verwunderung fest, dass es bereits 17.30 Uhr ist. Er erinnert sich an die ersten Worte, die er von seiner Kollegin damals zu hören bekam: „Abendbrot beginnt um 18 Uhr und keine Minute eher!"

Da Stefan weiß, dass Manfred immer einer der ersten Bewohner des Altenheims ist, die zum Essen gehen, sagt er: „Das Abendbrot beginnt gleich, ich bringe Dich zurück."

Obwohl er mittlerweile viele Jahre in diesem Métier arbeitet, wird ihm erst jetzt richtig bewusst, wie traurig und ereignisreich das Leben vieler Bewohner und Patienten doch gewesen ist. Er stellt für sich mitleidig fest: „Niemand hätte wahrscheinlich je danach gefragt, die Menschen sterben irgendwann und sofern es keine Angehörigen gibt, bleiben noch nicht einmal Erinnerungen."

Trotz seines tiefen Mitgefühls für Manfred, hält er es für unpassend, ihm dies jetzt mitzuteilen. Es tut ihm unendlich leid, sogar so leid, dass Stefan meint, es könne nicht in Worte ausgedrückt werden.

Doch das braucht es auch nicht.

Manfred fühlt seine Mitgenommenheit.

Er fragt nicht, sondern empfindet es als seine Pflicht, Manfred im Auto mitzunehmen, weil er bemerkt, dass er sehr aufgewühlt ist. Was seine Kollegen denken, ist ihm zu diesem Zeitpunkt gleichgültig.

Sie packen den Rollator in den Kofferraum und steigen in sein Auto, um zum Altenheim zu fahren.

Dort begleitet Stefan Manfred noch bis zu dem Saal, in dem die älteren Menschen, die noch in der Lage sind zu gehen, ihre Mahlzeiten zu sich nehmen. Auf dem Weg dorthin passieren sie Zimmer, in denen Menschen liegen, die nicht mehr gehen können und die seltsame Schreie von sich geben. Eine Frau, die nicht weiß, wo sie hingehen soll, begegnet ihnen und fragt nach der Tageszeit. Manfred, der sich wieder etwas beruhigt hat, antwortet freundlich und dreht sich anschließend zu Stefan um.

„Es tut mir immer sehr leid, wenn ich andere sehe, die sehr krank sind", sagt er mit mitleidiger Stimme.

„War das die Antwort?", fragt sich Stefan. „Ist das Gute, was man aus dieser Sache ziehen kann, die Tatsache, dass es andere gibt, denen es schlechter geht und die nicht mehr zwischen gut und böse unterscheiden können?"

Osterferien stehen bald bevor und alle Beschäftigten, die keine Kinder haben, müssen vor oder kurz nach den Ferien ihren Urlaub nehmen.

Es hat Stefan verwundert, da er noch nicht lange da war und schon seinen Urlaub, noch bevor er nach Bad Gandersheim zurückkam, einreichen musste, aber nach dem Grund hatte er nicht gefragt.

Wegen des Umzugsstress entschied er sich, den Urlaub vor die Ferien zu legen und nun fliegt er für ein paar Tage nach Fuerteventura.

Er sagt Manfred, dass er nach seinem Urlaub wiederkommen würde, um genauere Informationen über ihn in seiner jetzigen Situation herauszufinden. Insgeheim hofft Stefan, dass er dann eventuell doch noch etwas Gutes in seiner jetzigen Situation von Manfred selber hören könnte.

Vor der Tür zum Speisesaal dreht Manfred sich um und ergänzt noch: „Meiner Nichte habe ich es zu verdanken, dass ich jetzt hier leben kann.

Mein Gesundheitszustand verschlechterte sich in Hannover zunehmend, wobei die Erinnerungen an Elli und mein Seelenzustand einiges dazu beitrugen. Bei der dortigen Anonymität hätte es niemanden interessiert, wenn ich verkümmert wäre. Ohne meine Nichte würde ich nicht mehr leben, ich habe ihr das zu verdanken."

Stefan beobachtet ihn noch einen Augenblick.

Bevor er isst, wundert sich Stefan, dass er neben einem dunkelhäutigen Mann, der nicht mehr alleine essen kann, sitzt und ihn füttert.

Eine Kollegin von Stefan geht an ihm vorbei und teilt ihm mit, dass die beiden sich angefreundet haben und oft nachmittags gemeinsam im Garten sitzen.

„Seine Hilfsbereitschaft ihm gegenüber ist sehr auffallend", sagt sie. Sonderlich scheint es, da Stefan sehr wohl aufgefallen ist, dass Manfred eine gewisse Abneigung gegenüber Migranten hat. Stefan würde es nicht wirklich als ausländerfeindlich bezeichnen, aber Manfred erwähnte einmal, dass er jenen Freunden von Renate, die einen Migrationshintergrund hatten, skeptisch gegenüber war.

Allerdings verachtet er diejenigen, die aus dem Ausland nach Deutschland kommen und nicht arbeiten wollen. Stefan erinnert sich, dass er ihn mit einem anderen Bewohner einmal erzählen hörte: „Sie leben auf Kosten von uns Steuerzahlern."

„Trennung und Abschied sind nicht das Ende sondern ein Neuanfang". Es scheint jetzt für Stefan Sinn zu machen: „Auch ein Mann mit etwaigen Erlebnissen kann sich verändern und weiterentwickeln. Die Suche nach dem „Guten" könnte man so in der Offenheit und Hilfsbereitschaft der Mitmenschen wiederfinden."

Die Zufriedenheit des dunkelhäutigen Mannes kann Stefan an seinem Gesichtsausdruck ablesen, doch wird Manfred dadurch auch noch einmal glücklich?" Stefan vermutet, dass es ihm ein Gefühl von Zufriedenheit gibt, vielleicht eine Art

„Wiedergutmachung" für seine, durch die Umstände geprägte Einstellung.

In Gedanken an all die Schicksalsschläge von Manfred und die Frage, was ihm, trotz aller Umstände, die Kraft zum Leben gibt, fährt Stefan nach Hause und packt schnell seinen Koffer. Da er so sehr in seine Gedanken vertieft ist, wirft er nur die nötigsten Anziehsachen, die er gerade findet, hinein.

Es kommt ihm vor, als würde er etwas vergessen haben. Er schaut sich um und sieht seine Kartons, die immer noch unangetastet im Flur stehen. „Ich hatte es mir vorgenommen, also gut, fange ich an", sagt er sich und nimmt sich den ersten Karton, der oben steht, vor.

Die Bücher sind verstaubt und teilweise gelblich verblasst. Er nimmt die obersten Bücher, Liebesgeschichten von Rosamunde Pilcher, heraus und packt sie in eine Plastiktüte für eine Kollegin, von der er weiß, dass sie so etwas gern liest.

Darunter liegt eine alte CD von Roger Whittaker. „Wahrscheinlich die allererste CD, die überhaupt auf dem Markt war", ist sein Gedanke beim Anblick des Zustands der CD-Hülle. Er nimmt sie heraus, weiß nicht wohin und verstaut sie deshalb oben auf dem zweiten Karton. „Hauptsache ein Karton ist schon mal leer", beruhigt er sich und indem er den ersten Karton hochhebt, entdeckt er auf dessen Boden ein kleines Schulheft mit der Aufschrift *Mein Tagebuch.*

Es ist die Handschrift seiner Oma.

Er nimmt es vorsichtig heraus und packt es in seinen Koffer.

Anschließend faltet er den ersten Pappkarton zusammen und entsorgt ihn im Altpapier.

Lena kommt gegen 21 Uhr und übernachtet bei ihm, denn sie fährt ihn schon um 5.30 Uhr zum Flughafen.

Er genießt seinen Urlaub, sitzt am Strand, hat seine Ruhe, es sind durchweg ca. 28 Grad und er denkt häufig an die Liebesgeschichte, an die sehr detailreich beschriebenen Urlaube, die Elli und Manfred gemeinsam verbrachten.

Auf seinem Balkon kann er sehen wie die Sonne im Meer untergeht und denkt daran, dass Manfred und Elli wahrscheinlich sehr romantische Situationen erleben durften und Stefan ertappt sich dabei festzustellen, dass es auch schön wäre, wenn er als „Manfred" seine „Elli" auf dem noch freistehenden Balkonstuhl sitzen hätte.

Nachdem er an den ersten Tagen die Gegend rund um Costa Calma erkundigt hat, will er den dritten Tag am Strand verbringen.

Er nimmt seine Badehose aus dem Koffer und stößt dabei auf das Tagebuch seiner Großmutter, das er zwischen seinen Handtüchern verstaut hat.

Er entschließt sich, es mit an den Strand zu nehmen, wo er unmittelbar anfängt zu lesen:

28.09.1958

Heute morgen habe ich Menne beim Bauern getroffen. Ich weiß nicht, ob er der Richtige ist. Andere Mädchen würden sich freuen; im Grunde ist er es auch, aber ich weiß nicht, ob meine Gefühle ausreichen. Was soll ich machen?

Ach, ich weiß manchmal nicht, was ich überhaupt will. Leider gibt es niemanden, der mir sagt, was die richtige Entscheidung ist. Mutter meint, es wird das Schicksal schon zeigen. Soll ich ihm eine Abfuhr geben und es später bereuen? Ich weiß es einfach nicht.

Stefan ist überrascht, dass er von den Zweifeln seiner Oma nie etwas nur annähernd mitbekommen hat. Er hat das Bild einer liebevollen Oma im Kopf, die zurückhaltend war, ohne jegliche Spur von Selbstzweifel. Doch beruhigt es ihn etwas, denn nun weiß er, von wem er selber diese Sprunghaftigkeit hat.

Neugierig liest Stefan diese Zeilen. Er kann es nachempfinden und ahnt jetzt, weshalb er sich mit seiner Oma ganz besonders gut verstanden hat. Ihr ging es grundsätzlich genauso.

„Was Marion wohl jetzt macht? Denkt sie ab und zu auch an mich?", fragt er sich, ohne zu erwarten, eine Antwort bekommen zu können.

Ihm war die Beziehung mit Marion langweilig geworden. Die Kreativität und das Bemühen für eine dauerhafte Beziehung hatten beide vernachlässigt und er hatte das Gefühl sie in- und auswendig zu kennen. Das gefiel ihm nicht mehr, wenngleich er andererseits ahnte, dass da mehr war.

Als sie ihm andere Seiten von sich zeigen wollte, war es für ihn schon zu spät.

Kennt er sie doch nicht?

Zeitgleich ist Marion mit einer guten Bekannten aus ihrer Yogagruppe bei einer Shoppingtour in Alanya. Es sind 40 Grad und morgen Abend geht ihr Flieger zurück nach Hamburg. Sie wollte eine Woche etwas erleben und da es Urlaubszeit ist, haben sie Last Minute gebucht. Ihre Freundin hatte gestern ein paar Cocktails zu viel getrunken, deshalb geht es ihr heute nicht so gut.

An einem feinen Sandstrand machen sie eine Pause, holen ihre Handtücher heraus und gehen zum Meer. Als sie an die Strandpromenade zurückkehren, fragt ihre Freundin, die sich vor kurzem von ihrem Freund getrennt hat: „Diese Pärchen nerven mich. Man gut, dass wir einen Frauenurlaub machen, gell?"

Marion nickt und denkt doch in diesem Moment an Stefan, mit dem sie durchaus gern einige Zeit an diesem feinkörnigen Sandstrand und dem grünblauen Meer verbringen würde.

Ihre Gedanken an ihn wurden in der letzten Zeit weniger, wenngleich es doch noch Momente gibt, in denen die Gefühle stärker als die Vernunft sind.

Sie hat sich damit abgefunden, sich in die Liste seiner Ex-Freundinnen einzureihen. Sie redete sich ein: „Das, was uns miteinander verband, ist für ihn bestimmt nicht so bedeutungsvoll wie für mich!"

Um sich abzulenken, widmete sie sich dann anderen Dingen.

Stefan liest weiter:

02.10.1958
Ich liebe ihn doch. Heute wurde mir klar, dass ich niemand anderen brauche. Die Vorstellung, mit ihm eine Familie zu gründen, macht mich glücklich. Er wäre ein sehr liebevoller Vater und die Erfahrung in die Rolle von Elternteilen hineinzuschlüpfen, würden wir beide gemeinsam zum ersten Mal erleben. Wie herzlich er heute mit den Nachbarskindern umgegangen ist, war ergreifend.
15.11.1958
Er ist charmant, aber soll es das wirklich schon gewesen sein? Lern ich vielleicht noch jemanden anderes kennen? Ich weiß nicht so recht, aber auf Dauer kann es bestimmt lang-

weilig mit Menne werden. Wir streiten uns nie und es kann doch nicht sein, dass ich jetzt schon an Familie denke. Vielleicht muss ich noch andere Männer kennenlernen, um etwas anderes zu erleben. Ich habe mich heute nicht besonders gefreut, als ich ihn gesehen habe. Wir haben es ja schon versucht, aber irgendwie verblassen meine Gefühle immer so schnell. Ich weiß nicht, wie ich das unterbinden kann.

Stefan überlegt: „Oma hatte genau die gleichen Stimmungsschwankungen wie ich. Sie hat sich schließlich für Opa entschieden, aber wieso?"

Ungeduldig überschlägt er einige Seiten, um schnell die Begründung zu finden, die er am Ende des Buches zu finden glaubt.

Der letzte Eintrag ist datiert auf den 26.01.1960. „Wahrscheinlich hatte Oma dann auch keine Lust mehr, sich ständig mit den selben Gedanken zu beschäftigen", denkt er und liest:

Er ist es. Menne ist für mich bestimmt. Ich weiß es jetzt und schäme mich etwas, dass ich Zweifel hatte.
Wir haben die gleichen Vorstellungen vom Sinn des Lebens und der Zukunft. Ich höre jetzt damit auf, mir ständig Gedanken zu machen, ob ich noch einen besseren finden würde. Ich habe ihm gesagt, dass ich Zweifel habe, kann offen mit ihm sprechen und er hat Verständnis dafür. Er sagte, dass er mir die Freiheit gibt, ihn zu verlassen, dass er dann auch keine andere Möglichkeit haben würde, aber dass ich dann immer daran denken müsste, dass ich es gewesen wäre, die ihn verlassen hätte. Damit hatte er völlig recht und ich spüre, dass uns mehr verbindet und wenn ich ihn in einigen Jahren glücklich mit einer anderen Frau treffen würde, könnte

ich es mir nicht verzeihen, ihn verlassen zu haben, denn der Traum gehört Menne und mir. Niemand anderem, wo immer wir auch sein werden...

Stefan wundert sich, denn diese Ausdrucksweise erinnert ihn an jene von Manfred.

Er denkt an das Treffen mit Marion am Hamburger Hauptbahnhof, schlägt das Buch zu und grübelt: „Hat Opa wohl dieses Tagebuch gelesen?"

Vorsichtig legt er das Tagebuch, ab sofort behandelt er es wie einen kleinen Schatz, in seinen Leinenbeutel, den er mit zum Strand genommen hat, geht in sein Zimmer, um zu duschen, da er schon früh zum Abendessen gehen will.

Er hat einen älteren Mann, der mit ihm zusammen im Hotel angekommen ist, kennengelernt und sofern sie sich zu den Mahlzeiten sehen, setzen sie sich zusammen an einen Tisch. Auch heute Abend haben sie sich getroffen und unterhalten sich, während plötzlich eine junge Frau im Speisesaal erscheint, die enorme Ähnlichkeiten mit Marion hat. Die Statur, die Haarfrisur und auch die Gesichtszüge sind zum Verwechseln ähnlich. Stefan verspürt ein warmes Gefühl, ein leichtes Kribbeln im Bauch, als er sie sieht und kann der angeregten Unterhaltung mit dem Bekannten nicht mehr folgen, da er durch den Anblick der scheinbaren Doppelgängerin von Marion abgelenkt ist.

Er mustert sie von oben bis unten.

Als sie einen Platz zum Essen gefunden hat, macht sie eine Handbewegung, um anzudeuten, dass sie einen passenden Sitzplatz gefunden hat zu einer Person, die Stefan noch nicht erkennen kann, weil ihm die Kaffeemaschine, die zwischen seinem Platz und der Person, der die Handbewegung galt, den Blick versperrt.

Einige Sekunden später erscheint ein ca. 35-jähriger Mann mit einem fünf oder sechsjährigen Jungen und einem Säugling im Arm. Sie küssen und setzen sich hin.

Sofort erinnert sich Stefan an das Tagebuch seiner Oma.

Die letzten Tage vergehen ziemlich schnell und immer wieder muss er gespannt daran denken, was Manfred ihm noch zu sagen hat. Stefan hat immer wieder Manfreds Worte vor seinem Urlaub im Ohr: „Und genieß jeden Tag, Stefan!"

Als er Donnerstag Nacht am Flughafen Langenhagen landet, freut er sich, Lena, die als Chauffeuse dient, wieder-zusehen.
Auch wenn er sich seiner Gefühle ihr gegenüber nicht si-cher ist, mag er sie, denn sie würde alles für ihn tun. Er kennt sie mittlerweile soweit, dass er sieht, wenn sie ihm etwas mitzuteilen hat.
Und dies ist auch an jenem Tag der Fall.
Irgendwas stimmt nicht.
Er holt seinen Koffer und sie gehen zum Auto. Als die beiden auf der Autobahn in Richtung Bad Gandersheim sind, erzählt Lena ihm, dass Manfred in der Nacht von Montag auf Dienstag notoperiert wurde und dass die Ärzte Bakterien im Bauch festgestellt haben.

Am Dienstag Morgen um 7.15 Uhr ist er eingeschlafen.
„Ein langes Leben hat sich vollendet und ein Buch für immer geschlossen", sagt Lena teilnahmslos. „Birgit sagte, er habe dir noch etwas in seine Nachtischschublade gelegt, erfuhr sie von Manfred, kurz vor seinem Tod."

Birgit ist die Kollegin der beiden, die in der Nacht, in der Manfred ins Krankenhaus kam, Dienst hatte.

Die Nachricht des Todes bringt ihn völlig durcheinander. Er denkt an gar nichts mehr und fühlt sich wie in einem schlechten Film, der niemals enden sollte.

„Was war es nur, was er mir noch erzählen wollte?", fragt er sich und seine Spannung, auf das, was Manfred ihm im Nachtisch hinterließ, steigt ins Unermessliche.

Zuhause angekommen, stellt er seinen Koffer in die Ecke und eilig verlässt er seine Wohnung, um ins Altenheim zu fahren.

Ohne seine Kollegen zu begrüßen, betritt er das Zimmer von Manfred.

Ihm wird kalt, das Bett fehlt.

Sonst steht alles noch an jenem Ort, wo es vor seiner Abwesenheit war.

Mit einem mulmigen Gefühl und zittrigen Beinen geht er zum Nachtschrank.

Dort schaltet er die Lampe an, öffnet die Schublade und sieht den 5 Euro Schein, den Manfred noch von Elli aufbewahrte. Darunter liegen diverse, leere Medikamentenschachteln.

Ein weißer Briefumschlag befindet sich ganz unten, auf dem „*Für Stefan*" steht.

Es ist also ein Brief.

Kreidebleich und voller Aufregung setzt er sich auf einen Stuhl und öffnet den Umschlag. Er ist in ordentlicher Schreibschrift geschrieben, ohne dass nur ein einziges Wort unsauber oder unleserlich auffällt:

Lieber Stefan,
Ich möchte mich bei Dir zuerst für Dein Interesse an meinem Leben bedanken. Du hast in letzter Zeit mein Leben bereichert und ich konnte vieles ein weiteres Mal durchleben.
Ich habe Dir viel über mein Leben berichtet und muss Dir allerdings gestehen, dass ich Dir eine wichtige Sache vorenthalten habe:
In dem Jahr, als wir meine Schwiegermutter zu uns holten, ist ihre Mutter, sie hieß Emma Sauthoff, verstorben. Es war eine große Beerdigung und einige Wochen nach ihrer Beisetzung bekam Oma Lübbecke, geborene Weber, die Nachricht, dass sie das komplette Erbe erhielt. Ihre 10 Jahre jüngere Schwester war darüber sehr erboßt und brach daraufhin den Kontakt zu uns komplett ab. Wir versuchten später noch einmal Kontakt aufzunehmen, weil wir es nicht verstanden, denn wir brauchten das Geld nicht. Doch alles ohne Erfolg. Warum ich Dir dieses mitteile:
Emma Sauthoff verlor ihren ersten Mann, Otto Weber, an einer Lungenentzündung. Sie heiratete einige Jahre später erneut.
Die Schwester von Oma Lübekke hieß Ella Meier, geborene Weber. Wir erfuhren später nur noch, dass sie eine Tochter bekam, die Hanne hieß und einen Schulz heiratete.
Es tut mir leid, dass ich es Dir auf diese Weise mitteile, doch ich fand nicht die richtigen Worte und den richtigen Anlass, zudem musste ich mich auch erst vergewissern.

Aus diesem Grund war ich vor unserem Treffen in der Eisdiele noch im Bürgerbüro und musste mir auch sicher sein, dass es nicht noch andere mit diesem Namen gab.
Deine Oma war also die Kusine meiner Elli.

Ich finde es sehr traurig, dass wir uns nicht schon früher begegnet sind. Deine Anteilnahme, als ich Dir von meinen Schicksalsschlägen berichtete, war sehr groß, das konnte ich spüren und an Deinen Gesichtsausdrücken konnte ich erkennen, dass Du bei jeder meiner Lebensetappen versucht hast, etwas aus meinem Leben für Dein Leben zu lernen.
Besonders deutlich wurde es, als ich Dir von meinem ersten Treffen und meiner Liebe mit Elli berichtete. Ich merkte sofort, dass Dich etwas belastet.
Ich möchte nicht wirken, als würde ich viele Weisheiten an andere weitergeben. Doch, was die Liebe betrifft, so möchte ich Dir folgenden Rat geben:
Wenn Du spürst, dass jemand für Dich bestimmt ist, Du Dir keine bessere Mutter für Deine Kinder vorstellen kannst und es, nach Deiner Ansicht niemanden gibt, der besser zu Dir passt, wenn sie Dir Halt geben kann und Du mit ihr verbunden sein willst, wenn ihr die gleichen Vorstellungen von Familie und der Zukunft habt, dann musst du nicht warten und zweifeln, ganz egal, was andere sagen und was war: Lass sie nicht los.
In Liebe
Dein Manfred

Tränen laufen ihm übers Gesicht. In Gedanken an das Tagebuch seiner Großmutter nimmt er sein Handy heraus und wählt die Telefonnummer, die er nie vergessen konnte.
Er lässt es solange klingeln, bis Marion endlich abhebt…